LA VENGEANCE DE TERESA

BIBLIOTHÈQUE ITALIENNE
Dirigée par Serge Quadruppani

Claudio FAVA

LA VENGEANCE DE TERESA

Traduit de l'italien
par Eugenia Fano

Éditions Métailié
20, rue des Grands Augustins, 75006 Paris
www.editions-metailie.com
2023

Retrouvez-nous sur les réseaux sociaux :

Titre original : *Teresa*

ISBN : 979-10-226-1308-8
ISSN : 1264-5834

À Teresa, qui existe.
Je l'aurais voulue comme mère,
je l'aurais voulue comme fille.

1

L'idée de le tuer me vint soudain à l'esprit : une pensée inévitable. Au début, je ne me souvenais même pas de son nom. C'était un gars parmi tant d'autres que j'avais vu s'agiter durant les jours où ça s'était passé. Avec le temps, tout s'était délavé comme sur une vieille photo de famille. Puis, le visage de cet homme se détacha et vint à ma rencontre. C'est à ce moment-là que j'ai pensé à lui. C'est à ce moment-là que je me suis mis en tête de le tuer. Je n'avais jamais tué personne. Je ne savais même pas si j'allais vraiment en être capable : c'est que, parfois, les choses doivent être faites et c'est tout. Sans tourner trop autour du pot, sinon vous oubliez tout, même la colère. Et sans colère, on ne tue que dans les films ou dans les livres. Pour de faux.

Je m'appelle Teresa. Sicilienne, célibataire, orpheline de père. Quand je décidai de tirer sur cet homme, j'avais trente-deux ans et je m'y connaissais un peu, en morts. Sauf que je devais les rencontrer avant : avant qu'ils ne s'en aillent, je veux dire. Je travaillais pour une association qui s'occupait d'assister des malades en phase terminale. On me donnait nom et adresse, et moi j'y allais et je les écoutais. Je les faisais parler de leur vie, je fouillais dans les moments perdus de leur mémoire, le jour où ils s'étaient mariés, leur voyage de noces, les enfants : des choses comme ça. L'important était de leur parler au passé, faire semblant. Et : ne jamais avoir pitié, ne jamais être pressé.

Ce sont des choses qui se disent : ne jamais avoir pitié, ne jamais être pressé. Mais après, vous vous retrouvez devant eux, avec leurs petites têtes desséchées, les yeux qui dansent sur le visage et dans l'air une odeur de médicaments... On m'avait avertie : il y en a qui savent et d'autres pas. Foutaises, ils savent tous. La mort les enveloppe ; une main tiède, une espèce de torpeur habille toutes leurs paroles, tous leurs gestes, comme s'ils étaient déjà de l'autre côté. Mais ils sont de ce côté, avec moi. On me paye pour les distraire, pour leur extraire ces bruits de l'âme. Ça dure seulement le temps d'une visite, c'est comme les magiciens qu'on engage pour les anniversaires des enfants, pendant une heure, c'est la fête, les jeux, leurs rires qui s'enfoncent dans l'air, et on pourrait croire qu'ils ne s'en iront plus, et que ce sera toujours la fête d'anniversaire, le dimanche, les bougies à souffler, les cadeaux à déballer. Ensuite, le gâteau arrive, le magicien enlève sa cape et sa perruque, et sans ces habits d'enchanteur il est tout de suite plus maigre, plus vieux, usé par ce métier. Je fonctionnais de la même façon. Je faisais mes numéros de cirque, les sortilèges contre la maladie et puis je m'en allais.

Je n'y arrivais pas toujours. Le premier chez qui on m'avait envoyée pour le rencontrer m'attendait assis dans un fauteuil, un plaid sur les jambes, le crâne glabre à cause de la chimio, avec un teint jaunâtre qui me faisait penser aux cartons de l'épicier. Je lui demandais où il avait connu sa femme, quels films il aimait. Des banalités. J'avais la sensation d'être ailleurs et je regardais ce petit théâtre comme une chose qui n'arrivait qu'aux autres. Le malade, il ne disait rien : je lui semblais folle. Puis, il prit ma main et la posa sur son abdomen.

– Touchez ici ! Vous sentez ? N'ayez pas peur, ce n'est pas contagieux. Dites-moi seulement si vous le sentez !

Le nodule était dur, on aurait dit un œuf. Je retirai vite ma main.

– Je ne suis pas médecin, lui dis-je grossièrement.

Le sourire du vieux s'effilocha, sa bouche entrouverte avalait l'air bruyamment. Il se pencha vers moi.

– Vous savez ce que je vais manger ce soir? Du minestrone… – Il baissa la voix. – Ma femme cuisine les mêmes choses depuis trente ans! Sans sel!

Il fit une pause, il attendait probablement une parole réconfortante. Il se rapprocha un peu plus:

– Elle dit que c'est pas bon pour ma tension!

Il semblait s'être assoupi. Soudain, il redressa sa petite tête chenue.

– À la place, je me suis pris un cancer. Et dans deux mois je vais mourir.

Qu'est-ce qu'on dit dans ces cas-là? Rien, on ne dit rien. J'affichais un visage sérieux, attentif. Je haussais les sourcils, je plissais le front. Et je me taisais. Selon le contrat, je devais seulement les écouter.

Au moins, ils me payent, me dis-je en descendant dans le métro. Je me débattis avec le distributeur automatique, il ne rendait pas la monnaie, je dus acheter cinq tickets. Le quart de ce que j'avais gagné cet après-midi-là. On me donnait vingt euros pour chaque visite. Une aubaine si je repensais à ces deux dernières années: précaire, enseignante de latin-grec dans un lycée privé de ma région. J'avais trouvé un remplacement dans une de ces écoles inventées pour distribuer des diplômes aux enfants de ceux qui peuvent se les payer. Tous les 27 du mois, j'allais au bureau de l'administration et la comptable me remettait une enveloppe qui ne contenait pas d'argent, mais une fiche de paie. En contrepartie, elle était rédigée comme si elle était vraie: salaire du ministère, treizième mois, allocations familiales, congés non pris, frais de formations professionnelles, cumul d'ancienneté, cotisations, heures supplémentaires… Chaque montant, au bon endroit, au point que la comptable, quand elle me la remettait, ses yeux brillaient de satisfaction. Dommage qu'à l'intérieur, il n'y avait pas un centime. Une magouille juste bonne pour accumuler des points en attendant un concours de recrutement. Chaque année de travail au noir me rapportait quinze points. En huit ans, ça me faisait cent vingt points, c'est-à-dire l'espoir d'un remplacement à Varèse. Olé.

Ma mère disait que j'avais de la chance parce que certaines de ses amies, pour procurer un travail à leurs enfants, auraient été capables de vendre leur trousseau de mariage. Moi, je l'avais, mon travail : seize heures par semaine, conseils de classe, registre de présence, résultats de fin d'année. Comme une vraie professeure. Si j'avais été plus raisonnable, continuait ma mère, tôt ou tard, j'aurais aussi reçu un salaire, même si j'avais fait très peu pour le mériter : un diplôme universitaire à la con, un de ceux qui ne servent à rien, jamais un fiancé sérieux pour envisager de fonder une famille, rien que des histoires sans lendemain. Tu te fais peloter par tous les hommes, elle me disait, mais elle savait que ce n'était pas vrai. Le seul qui m'avait pelotée, c'était le professeur, un type qui était obsédé par moi et qui voulait quitter femme, enfants, tout. Et le pelotage avait duré un certain temps. Jusqu'au jour où, un dimanche matin, je le vis sortir d'une pâtisserie frais et pimpant, et là, je compris que c'était un couillon. À cause de ce plateau de pâtisseries déposé sur ses mains comme de la porcelaine. Je l'imaginais rentrer à la maison, la table dressée, les enfants sages qui auraient plu à ma mère, sa femme que je me représente uniquement de dos, droite devant ses casseroles, et lui, le professeur, le petit mari, celui qui quitte tout et qui part avec moi, aurait déposé le plateau au milieu de la table, regardez quelles beautés ces pâtisseries, j'ai demandé qu'ils fourrent les *cannoli** devant moi, ricotta

* Rouleaux de pâte aromatisés au marsala et au cacao, frits pour les rendre croustillants. Ils sont fourrés à la ricotta sucrée parfumée à la vanille, parfois on y ajoute des pépites de chocolat ou des morceaux de fruits confits. (*Toutes les notes sont de la traductrice.*)

et pistaches de Bronte… Ensuite, tout le monde se serait mis à table, comme chaque dimanche que Dieu fait dans les bonnes familles. Le lendemain matin, je l'ai quitté. Et fini les parties de pelotage.

Quand tu seras plus raisonnable, commençait ma mère, mais elle ne finissait jamais sa phrase.

Pour finir, elle fut plus raisonnable que moi et me trouva un piston. Un de ses vieux camarades de classe qui était devenu député.

– Minuzza, qu'est-ce qu'on va lui faire faire à cette pitchoune maintenant qu'elle est diplômée?

Minuzza, c'est ma mère. Elle s'appelle Domenica, mais chez nous on aime émousser les noms, les estropier et les ramollir comme un soufflé. Peppino, mon grand-père. Ninetta, ma tante. Tanino, mon père. L'âge aussi, c'est comme l'argile, toute main qui la malaxe lui donne une forme différente. Moi, par exemple, je ne suis plus une pitchoune. Ailleurs, trente-deux ans, c'est un âge pour faire les premiers bilans de sa vie. Pas dans le Sud. Là-bas, on considère que la mesure du temps est une vanité; peut-être qu'à quinze ans vous tombez déjà enceinte, ou alors vous arrivez à quarante et vous vivez encore chez papa et maman, la même petite chambre, le déjeuner à deux heures, dîner à huit, les courses le samedi au centre commercial, là où tout est à moitié prix, le dimanche cinéma avec ton cousin. À la séance de six heures sinon il se fait tard.

Moi, je n'ai plus de papa. Tué. Une seule balle l'a transpercé de part en part comme une broche, orifice d'entrée entre la troisième et la quatrième vertèbres, juste en dessous de l'omoplate gauche; orifice de sortie dans la zone abdominale, à la hauteur du sternum. Le projectile a éraflé le ventricule droit, une griffe au cœur: et le cœur s'est arrêté.

Revenons au député. Il regarda ma mère puis me regarda.

– Et toi qu'est-ce que tu voudrais faire ? Tu aimes la politique ? Tu veux te trouver un mari ? Tu veux te lancer dans la chanson ? Qu'est-ce que tu veux faire, Teresa ?

Qu'est-ce que je voulais faire ? Enseignante, je voulais faire. De grec et de latin.

– Je m'en occupe, promit le député.

Et il s'en occupa. Il connaissait un type, un de son parti qui avait eu quelques ennuis avec le Code pénal, des péchés véniels parce que la politique, ça coûte et lui, *mischino*, le pauvre, il essayait d'avoir une réduction. Depuis lors, à force de prescriptions, on l'avait ressuscité et réhabilité. Quand ce fut le moment, son parti le prit à part et lui posa la même question paternelle : maintenant qu'est-ce que tu veux faire, Santino ? Tu veux un collège électoral solide pour les prochaines élections ? Une fondation culturelle ? Qu'on te nomme recteur ? Une école privée, avait répondu Santino qui avait un diplôme d'expert agricole, et de l'école il s'en battait les couilles. En fait, il la voulait privée. Sacré-Cœur de Jésus. Vingt classes, quatre cents paiements à encaisser tous les mois et une poignée d'enseignants disposés à travailler gratuitement en attendant de passer un concours.

Et quoi, les jeunes ?! Et en plus, vous voulez un salaire ? Avec toutes les dépenses que j'ai déjà : le treizième mois pour le concierge, installer l'électricité aux normes, les impôts qui me coûtent les yeux de…

Le voici, Santino : cheveux blonds délavés avec une mèche rabattue, petit costume bleu-gris, sur sa figure un sourire qui semblait figé comme un uniforme d'ordonnance. La première fois qu'il me vit, il m'étudia longuement, en silence. Peu de temps après, il joignit les mains et sa voix se fit mielleuse :

– Moi je le connaissais, vous savez.

Il resta là, les mains en prière, il attendait que je lui réponde quelque chose, une parole pieuse, un sourire de gratitude. Moi, rien. Il ne le connaissait pas, mon père, il ne l'avait jamais connu. C'était juste pour embobiner. Chez nous, on fait comme ça : les gens connaissent les morts, ils les ont fréquentés, ils ont recueilli leurs confidences, leur amitié. Une fois, j'avais compté tous les gens qui m'avaient dit avoir rencontré mon père la veille de sa mort : une quarantaine. Au restaurant, au cinéma, à la banque, devant le marchand de journaux. Un agent de la circulation m'avait raconté qu'il lui avait même mis une amende pour stationnement interdit. Il me l'avait confessé comme une chose rare, précieuse, un signe d'affinité. Une façon d'expliquer que nous sommes tous dans le même bateau, nous sommes tous les enfants d'un même destin. Pareil pour M. le proviseur Santino.

– À propos, Teresa, veillez à ce qu'ils passent tous avec une moyenne de 17.

– Et s'ils n'y arrivent pas, ceux-là ?

– Et nous, on va faire en sorte qu'ils y arrivent ! Alors, quoi ? On leur donnerait une moyenne rachitique après ce qu'on fait payer aux parents ?

Maman m'avait dit :

– Fais attention, Teresa, ils lui ont fait trois pontages, à Santino, ne le mets pas en colère, parce que, alors, sa tension artérielle augmente.

– Pour quelle raison je le mettrais en colère ?

– Tu comprendras bien par toi-même, m'avait-elle répondu.

Et, en effet, j'avais fini par comprendre à la fin du premier mois. Quand on m'avait remis l'enveloppe vide.

Jusqu'au moment où mon amie Gisella m'appelle de Rome et me parle de l'association. Ils cherchaient des diplômées universitaires, peu importe en quoi et avec quelles notes, du moment qu'elles sont jeunes, qu'elles ont envie d'écouter et qu'elles ne sont pas trop délicates. Dit comme ça, on aurait dit une annonce pour une hotline. Je rappelai mon amie, j'arrive, je lui dis. Mais, avant de partir, je clôturai les conseils de classe en flanquant dix-huit "insuffisant" à ces morveux, et bien le bonjour à M. le proviseur.

J'étais décidée à tout laisser derrière moi, ma mère, feu mon père, cette odeur de moisi qui, désormais, commençait à s'exhaler de ma vie. Même la colère. Au début, elle était nourrie au pain et à l'eau, pour la rendre plus désespérée et, les années passant, elle s'était amaigrie, assagie. À la fin, ses morsures, je ne les sentais plus. Alors je suis partie. Je voulais tirer un trait bien droit sur mon passé. Et je voulais me trouver un homme. Un homme qui n'allait pas me proposer des mélancolies d'émigrant. Un gars capable de me parler d'autre chose. Et peut-être aussi de me dire qu'il me trouvait belle.

Moi, je me trouve belle, ma mère pas. Elle dit que je mange peu et que ça me donne des cernes, qu'on peut compter mes côtes sous mon tee-shirt, que j'ai les cheveux filasse comme des spaghettis trop cuits et que je ne sais pas les coiffer. Moi, au contraire, j'aime bien mes cheveux, si fins qu'ils se collent à ma figure ; j'aime aussi mon visage effilé, je me regarde dans le miroir et je me dis : voilà, on dirait une de ces femmes peintes par Modigliani. Les yeux étroits, pleins et allongés, ce même air pensif sur certains de ses portraits que l'on gardait accrochés aux murs du couloir quand j'étais petite fille. Ma mère me dit : Tu n'as pas de poitrine. Et là-dessus, elle a raison. Je n'ai pas de poitrine : même pas un peu. Seulement de longues lignes sèches perpendiculaires : bras, jambes, nez... Quand j'étais jeune fille, je regardais mon amie Gisella et je pensais qu'en grandissant, j'aurais aimé être comme elle : petite, ferme, large de hanches, poitrine volumineuse, cheveux bouclés. Après, j'avais changé d'avis. Si tu as une poitrine abondante, alors tu dois être généreuse avec le monde. Et moi, je ne voulais pas être généreuse.

Gisella essayait de me trouver un fiancé depuis que nous nous connaissions. Elle le voulait par principe et pour des raisons de santé. Elle m'expliquait une fois par semaine : Si tu ne baises pas, tu tombes malade.

– Qui t'a dit que je n'ai pas de relations sexuelles ?

– Voilà. Tu vois ? Tu parles comme une professeure de lettres... On dit baiser. On n'a des relations sexuelles que dans les livres.

– Qu'est-ce que tu en sais, toi ?

Mais elle savait. Tous savaient, même ma mère. Si je n'avais pas de talent pour ces choses-là, c'est aussi un peu parce que ça m'ennuyait, les politesses dites à voix basse, délacer les chaussures, chercher la fermeture éclair, ombre et pénombre, les mots à dire avant et ceux qu'il faut dire après. Pénible. Mais bon, quand ça m'était arrivé, ce n'était pas si mal : un truc correct, disons que ça pouvait aller. Pour que ces choses puissent me plaire, la poitrine de Gisella m'aurait été utile, au lieu de cet air de carême, de ces genoux pointus, de cette peau lisse de fillette. Et puis, j'aurais voulu dire les mêmes paroles qu'elle disait à ses fiancés : belles, sèches, vulgaires. Une fois, elle me les avait même apprises, et en me les dictant en plus : verbes, substantifs et adjectifs. Moi, j'avais tout écrit dans un petit cahier noir, après j'étais devenue paranoïaque à l'idée de le perdre, puis je l'avais vraiment perdu et après ça, j'espérais seulement que me mère ne tombe pas dessus. De toute façon, si elle l'avait lu, elle n'aurait compris que la moitié de ce qui y était écrit.

– Ce serait un type avec des métastases au pancréas. Veuf. Il ne lui reste que trois mois, mais il habite à Monte Mario, tu vas devoir prendre deux autobus...

Gisella m'attendait tous les matins derrière son bureau avec un air de mère supérieure. Elle taillait des crayons, elle les faisait pointus comme des broches. Rouges pour les dates de visites, bleus pour celles des décès.

– … puis il y a une tumeur aux poumons. Le type a fini son cycle de chimio, on l'a ramené hier soir à la maison…

– Mais ils n'ont pas de noms ?

– Ça ne dure pas longtemps, les noms.

– Pancréas, foie… Après, je rêve de ça toute la nuit.

– Et ce n'est pas bien. Tu ne dois pas rêver d'eux. La première règle, c'est…

– Allez, Gisella, je les connais, tes règles.

Elle m'ignora. Elle commença à compter sur le bout de ses doigts :

– Ce sont des malades au stade terminal, nous devons avoir une approche professionnelle, les écouter, les faire parler, ne jamais nommer la maladie. Comme si c'étaient des enfants.

– Comme si c'étaient des débiles, Gisella. Le patient d'hier…

– Métastases à l'estomac, il en a pour deux mois maximum.

– Il a voulu que je la lui touche.

– Que tu lui touches quoi ?

– La tumeur.

– Et toi ?

– Quoi, moi ? J'aurais dû lui dire que je sentais que la mort l'enveloppait et que ça me répugnait ? Et après, je me serais mise à bavarder du plat que sa femme lui a cuisiné ?

– Ça leur fait toujours plaisir de raconter ce que leur femme leur cuisine. Et toi, Teresa, tu restes une suppléante qui attend un poste.

Elle fléchit la voix en couinant :

– Sentir que la mort l'enveloppait... d'où tu sors ces phrases ?

– Allez, laisse tomber... Parle-moi de celui des poumons.

– J'ai fixé le rendez-vous pour demain matin. Qu'est-ce que je fais, je confirme ?

Mais oui, confirmons. Un mort en plus, vingt euros en plus.

2

– Bonjour, je suis Teresa…

Je restai figée, la main tendue devant moi comme un moignon. Je ne l'imaginais pas comme ça. Costume gris à rayures, pantalon aux plis impeccables, cravate sombre, chaussures noires vernies.

– Excusez-moi, vous étiez peut-être sur le point de sortir.

Il répondit non de la tête. Puis il se déplaça en s'inclinant à moitié pour me laisser entrer.

– Je vous attendais.

Malade et cérémonieux, il me montra le chemin à petits pas, ses semelles grinçaient et laissaient derrière lui une odeur de cire. Il se retourna pour s'assurer que je le suivais, il sourit, puis il se concentra de nouveau sur le long couloir plongé dans la pénombre.

– Trop chaud ? Je diminue le chauffage ?

– Non, non…

– Puis-je vous offrir… ?

Il me mit dans la main un verre en plastique plein de petites bulles. Je bus à petites gorgées. Du prosecco. Tiède.

– C'est bon, dis-je à voix basse. Je regardai la pointe de mes chaussures. À quoi on trinque ?

– À votre beauté, mademoiselle.

Mon visage s'enflamma : qu'est-ce que je lui réponds maintenant ? Je pensai à Gisella, je la vis essuyer avec son petit doigt une goutte de mousseux qui avait atterri sur sa poitrine…

– Mademoiselle ?

L'homme était resté immobile, son verre en plastique en l'air, il attendait. Je dis la première chose qui me vint à l'esprit. Et ce ne fut pas la bonne.

– Comment va votre femme ?
Son sourire s'avachit comme un petit ballon troué.
– Je suis veuf.
– Pardon...
– Je pensais qu'on vous l'avait signalé.
Sa voix était devenue métallique.
– C'est que je ne m'attendais pas à vous voir comme ça... – Je fis un geste vague. – ... de si bonne humeur...
– Pourquoi, de quelle humeur sont vos malades ?
– Ce ne sont pas mes malades.
On était là, debout, muets, avec les verres à moitié remplis, moi avec ma petite robe noire en fine maille de petite bonne sœur et lui, le moribond en habit de cérémonie penché vers moi comme certains vieux durs d'oreille. On ressemblait à une gravure ancienne.
– Je peux vous poser une question ? hasarda-t-il. Quel travail faisiez-vous avant ?
– J'enseignais.
– Ça vous plaisait ?
– On ne me payait pas.
– Vous avez arrêté seulement pour cette raison ?
Il y avait certains aspects de ce travail que Gisella ne m'avait jamais expliqués. Cette insistance, par exemple, d'où venait-elle ? De la morphine ? Un des effets secondaires de la maladie ? De moi ?
– Moi aussi j'enseignais, commença à dire le vieux. Mathématiques. Vous étiez comment en mathématiques ?
– Je trichais pendant les interrogations.
– Vous avez bien fait. Rien de plus faux que les mathématiques. Imaginer que l'on peut tout réduire à une question de règles, la présomption de connaître le début et la fin de toute chose. On se prenait pour des dieux tout-puissants... Quels idiots ! – Il sortit une cigarette et l'alluma. – Savez-vous combien de probabilités existent pour qu'une cellule devienne folle et commence à se reproduire à l'infini ?

Je me suis envoyé tout le prosecco en une seule gorgée. Il gargouilla dans ma gorge comme dans l'évacuation d'un évier.

– Vous le savez, ou pas ?

– Non.

– Moi non plus. – Il agita ses doigts en l'air. – Une possibilité sur un million, un milliard... qui peut le dire ? J'ai demandé à mon médecin et il m'a dit que ça dépendait du cas.

On s'assit, il se pencha sur la chaise et posa une main sur mon genou. C'était un toucher frais, humide, d'éponge.

– Du cas ! Vous vous rendez compte ?

Moi, pas un mot. Mais mon visage exprimait beaucoup de choses. Que je me rendais compte de l'infamie de mourir de cette façon et que, moi, je ne voulais pas mourir de cette façon, que je ne voulais pas me rendre compte, que peut-être je n'enseignerais plus jamais rien, parce que, si cette conversation devait être l'épilogue de tout, pourquoi connaître l'ablatif et l'aoriste ? Quel était le sens de ces peines, de ces vanités ? Et ma mère qui m'avait recommandée à son ami à la mèche rabattue ? Quel était le sens des choses accomplies et désirées pour que, après, tout finisse avec un prosecco tiède et la mort qui attend dans la chambre voisine ?

– Vous vous rendez compte ? demanda-t-il de nouveau, mais cette fois-ci sans trop de conviction.

Il se redressa, reprit ses bonnes manières.

– Vous avez bien fait de tricher, mademoiselle. Il n'y a pas de règles. Seulement des privilèges. Votre santé est un privilège. Mais moi...

Il n'acheva pas. Il y avait quelque chose de blessé dans ses pensées. Derrière cette parade de vêtements sur mesure, chaque mot reflétait sa propre mort. Je regrettai qu'il ait retiré sa main de mon genou.

– Vous avez peur ? lui demandai-je.

– J'ai soixante-quatorze ans, mademoiselle. Je n'ai pas peur, je me fais pitié. Et ça, je n'aime pas.

Dehors, le temps s'était détérioré. Une tramontane gelée. Je ne comprenais pas comment le vent faisait pour trouver une brèche dans le dédale de ciment romain, pour se faufiler sous les portiques, dans les ruelles, dans les sens uniques, et arriver jusqu'aux rangées de lierre séché et dans les murs écaillés de ce vieux bar du ghetto. Deux heures et demie, un après-midi de février. Je me sentais tranquille, dans ce lieu. Gisella m'y avait traînée la première fois un samedi soir. Nous nous étions assises dans un coin et elle m'avait indiqué un à un de son doigt grassouillet les occupants des autres tables. Regarde qui est assis là-bas ! Le réalisateur, la tantouse, tu ne le reconnais pas ? Et ces deux-là, tu les as vues ? Si, les choses, là, les soubrettes... comment elles s'appellent déjà ? Ouaaah, il y a aussi le magicien ! Tu te souviens du magicien ? Celui qui était à la télé et qui te faisait croiser les doigts et les paralysait ? Bouh, comme il a vieilli...

Moi, je disais oui avec les yeux même si je ne connaissais personne. Ils me faisaient penser à une vitrine à l'abandon, à ceux qui avaient passé leur tour, avec leurs sourires forcés, leurs petites cuillères remuant à l'infini le café pendant qu'ils se cherchaient du regard, qu'ils attendaient... J'y retournai le jour d'après, à trois heures de l'après-midi. Il n'y avait personne. Tables désertes, lumière chaude. Je commençai à fréquenter cet endroit toujours à cette heure-là, c'était un moment sans agitation, sans tasses qui se heurtent, sans sourires figés. Un endroit pour être tranquille. Et pour boire.

– Un negroni, demandai-je.

Le garçon du bar me fixa pendant quelques secondes. Puis il regarda l'horloge du coin de l'œil.

– Sans cacahuètes, sans rien. Juste le negroni, précisai-je.

Le type haussa les épaules et retourna au fond du bar. C'est mon putain de problème, pensai-je. Moi, j'aimais bien le negroni : la couleur, les reflets cuivrés du martini, l'olive plantée au milieu comme un trophée… Foutaises. J'aimais ça et c'est tout. J'ai extrait avec mes doigts les petits cubes de glace et je me le suis envoyé en trois gorgées. Depuis que je travaillais pour l'association, c'était ma seule faiblesse. D'une certaine façon, je m'en étais fait une raison. Après certaines visites, je devais boire. Pas siroter. Boire. Ça ne m'aidait pas à oublier, au contraire, ça m'aidait à mieux retenir chaque détail, à nouer les images les unes aux autres, et à donner un corps aux histoires.

Gisella aurait dit que c'était encore un langage de remplaçante de prof de lettres. Donner un corps aux histoires, mais qu'est-ce que ça veut dire ? Elle avait peut-être raison. J'étais juste une précaire. Sans fiancé, loin de sa ville, même pas de permis de conduire. Maintenant j'avais ce travail : accompagner un peu les malades en phase terminale, leur tenir compagnie avant l'obscurité. Est-ce que j'aimais faire ça ? Ça m'était utile. La seule mort que j'avais connue, celle de mon père, avait commencé et s'était achevée en l'espace d'une phrase : il n'est plus là. Ensuite étaient arrivés les détails. Comment et quand. Qui et pourquoi. Mais ce passage de la vie à la mort avait été consommé sans cérémonie. Sans même laisser d'espace au pressentiment. Mort. Point.

Mais moi je voulais retrouver cette idée de normalité autour de la mort, les préliminaires de la fin, les gestes qui la précèdent, les derniers mots. Je considérais que c'était un dédommagement. Ce qui m'avait été refusé avec mon père, j'essayais de me le réapproprier en observant l'agonie de ces patients inconnus. Au début, ça avait marché. Après, j'avais commencé à être imprégnée par leurs pensées, leur difficulté à faire semblant, leurs douleurs. J'avais l'impression de ressembler à chaque moribond que je devais consoler. Je m'étais déjà fait faire deux IRM et tous les mois, je faisais contrôler mon taux de globules rouges, de globules blancs, de plaquettes, le temps de coagulation, les transaminases. Fraîche comme un gardon, toujours.

Je m'étais imposé une discipline, pour ces visites. Robes longues que j'étirais tous les matins de mes hanches jusqu'aux chevilles. Collants épais, mocassins d'homme. Pour le maquillage : un soupçon de crayon, juste pour réduire les cernes. Pas de rouge à lèvres, juste du brillant. Les cheveux rassemblés en arrière tenus par une épingle comme une chose morte. Bref, je m'appliquais. Le bénéfice était maigre. Je finissais toujours par m'attacher à leurs maisons qui sentaient la pharmacie. J'aimais la forme compacte que prenait le silence, là-dedans, chaque bruit était un outrage. La télévision éteinte, le tintement de certaines horloges qui semblaient enfoncées dans les murs, et cette propreté qui n'était qu'absence. Moi, je m'adaptais, je parlais peu et à voix basse, je gardais mes mains sur le ventre, je ne touchais pas les médicaments, je n'ouvrais pas les rideaux. Et dès que je sortais, je cherchais un bar.

Je me dirigeai vers le métro en traînant un peu les pieds. Après le negroni, je sentais une légère euphorie dans mes pensées. Ça ne durait pas longtemps, mais suffisamment pour digérer le pantalon aux plis impeccables du professeur. J'avais oublié son nom. Il aurait pu mourir dans la nuit et moi je ne connaissais même pas son nom. L'association ne vous disait jamais quand ils s'en allaient, et assister à leurs obsèques n'était pas prévu dans le contrat d'embauche. Obsèques, mon cul, m'aurait dit Gisella : tu es assistante de vie, pas bonne sœur. Elle avait raison. Elle avait raison sur tout. Elle avait aussi raison de me coller ces définitions qui sentaient le désinfectant : assistante de vie. Ça sonnait bien.

Mais moi je n'assistais pas, je ne soutenais pas. J'écoutais, c'est tout.

Le vent glacé se faufila sous mon manteau. Je rentre à la maison, pensais-je. Pour quelques jours, le temps de me retrouver en paix avec moi-même. Mais je n'imaginais pas ce qui était sur le point de se passer. Je ne l'imaginais pas, je le jure. Sinon, je serais rentrée avant.

3

Gisella ferma le registre.

– Quand est-ce que tu as dit que tu partais ?

– Je ne l'ai pas dit. Demain, après-demain, chais pas...

Les petits crayons rouges et bleus en file indienne.

– Alors, tu as le temps de t'en faire un autre.

– Un autre quoi ?

– Un autre malade. Ce serait pour demain matin, je n'ai trouvé personne. Ligresti va à une confirmation, Marinaro va skier, Ricucci doit faire une amniocentèse...

– Elle est enceinte ? À quarante-six ans ?

– Quarante-cinq. Qu'est-ce qu'il y a de bizarre ?

– Alors j'ai de l'espoir.

– Non. Toi, tu baises pas. C'est sans espoir.

Gisella s'humecta un doigt et feuilleta ses papiers.

– Je te le mets pour demain matin, onze heures.

– À onze heures ?

– Ce soir, on sort. On va peut-être rentrer tard.

– Non, écoute, je...

– Allez, juste une pizza. Faut que je te raconte un peu mes histoires. – Elle se lissa les sourcils avec un stylo. – J'ai rencontré un gars...

– Il est comment ?

– Mignon. Un Milanais.

– Super.

– Est-ce que je suis obligée de me taper des Siciliens tristes avec leur veste en velours ?

Elle avait raison. Mais s'ils n'étaient pas un peu tristes, ils ne me plaisaient pas. Sans veste en velours, mais un peu tristes.

À la maison, le répondeur téléphonique clignotait avec insistance. C'était ma mère, je le sentais jusque dans les os. J'appuyai sur le bouton.

– Bonjour ma pitchounette, c'est maman…

La pitchounette, c'était moi. Ma petite, ça ne suffisait pas. Il fallait qu'elle m'appelle pitchounette. À trente-deux ans.

– … tu n'appelles jamais…

J'enlevai mes chaussures, mon manteau, et je m'étendis sur le divan. Ce n'était jamais des messages, ceux de ma mère. Elle conversait toute seule avec le répondeur. Elle prenait des pauses aux bons moments, les bonnes inflexions, comme si de l'autre côté quelqu'un l'écoutait et pouvait peut-être même la voir quand elle serrait les lèvres ou quand elle secouait la tête. On dit que les gens du Sud ont le théâtre dans le sang. Rien à voir avec le théâtre : on aime s'écouter parler, s'assigner les meilleurs rôles dans les comédies, être le centre des choses, même quand on parle à un répondeur.

– … Il paraît que là-haut, le froid est en train d'arriver…

Il paraît.

– … Tu n'as même pas pris la grosse veste en mouton…

Celle de papa. C'était à la mode dans les années 70 et, déjà, ça faisait "émigré". À Rome, ils ne m'auraient même pas laissée monter dans le tram. Ils auraient imaginé que j'étais bardée de TNT.

– … avec le froid qu'il fait. Même ici, l'hiver est arrivé. Qu'est-ce que t'as décidé ? Tu descends pour les fêtes de Sant'Agata ?

Monter. Descendre. Moi, je ne venais pas du Sud, je venais d'en bas. Comme tous mes amis qui sont partis de l'île : ils montaient à Rome, ils montaient à Milan. Après, pour les vacances, ils descendaient.

– … je t'ai fait des pâtes d'amande, celles que tu aimes… et Tino est là… – Pause plus longue. – … il demande toujours après toi, *mischino*, le pauvre…

Tino Incardona. Quatrième étage, escalier B. Réformé à dix-huit ans pour insuffisance thoracique comme ça n'arrivait plus depuis l'après-guerre. Quand j'étais en cinquième, on avait été fiancés pendant deux jours. Il avait mis six ans pour obtenir son diplôme et puis il s'était planqué dans le cabinet de son père en tant que stagiaire. Un bon parti, disait ma mère. Maintenant, sur le répondeur, il n'y avait que le bruit de sa respiration. Les pâtes d'amande, Tino, le froid : elle m'avait tout dit désormais. Elle conclut en vitesse.

– … Bon. Tu m'appelles ?

Oui, je t'appelle maman. Demain je t'appelle. Je te jure que je t'appelle.

– Qu'est-ce qu'il y a ? T'as pas faim ?

J'avais coupé la pizza en petits morceaux, minuscules, géométriques, presque parfaits. Mais après j'étais restée là, absorbée, la fourchette à la main. C'est que, moi, je n'ai jamais compris ce truc avec les pizzas. À chaque fois, il y a un menu de quatre pages qui me donne envie d'étudier toutes les combinaisons et de les classer par ordre de cholestérol. Pas Gisella. Et les autres non plus. Un coup d'œil et ils ont déjà choisi. Une margherita. Très bien, mais avec deux fois plus de mozzarella.

– Alors, tu ne manges pas ?

Je levai les yeux. Ce n'était pas Gisella. C'était le serveur. Un jeune homme sec, le teint foncé, un duvet fin sous le nez, une ombre de moustache. Intrigué, il m'observait tout en récupérant les assiettes vides des autres.

– Tu en as laissé la moitié. Pas assez cuite ? Tu veux rajouter un peu de piment ? Ou de l'huile sainte ?

On aurait dit ma mère.

– Je n'ai pas faim, c'est tout.

Le jeune homme ne bougea pas. Il continuait à me scruter en maintenant les assiettes en équilibre sur son bras.

– Je t'ai vexé ? demandai-je.

Il me sourit, son visage de sarrasin, long et étroit comme le reste de son corps.

– Elles sont dégueulasses, les pizzas, ici, dit-il.

Il déposa la pile d'assiettes sales sur un coin de la table, prit ma fourchette et y enfila le bord de la pizza.

– Tu vois ?

Il m'indiqua les craquelures dans la pâte, les taches denses et sombres des parties brûlées. Il la gratta avec son ongle et l'effrita entre ses deux doigts, une poudre noire tomba sur l'assiette.

– Ils les cuisent au micro-ondes. Décongelées et servies.

– Excusez-moi, mais là c'est écrit four à bois.

Gisella, ramenée à la vie, agita le menu.

– Il y a un four. Mais ils ne l'utilisent pas.

– Ces choses-là, tu les racontes à tous les clients ? demandai-je.

Il ne répondit pas. Il reprit les assiettes avec un air sérieux et les plaça de nouveau en équilibre sur son avant-bras.

– S'ils l'apprennent, ils me virent.

– … Mon amie s'appelle Teresa, dit Gisella, pleine d'attention, en laissant glisser une bretelle de sa robe. Ma mère, en version pétasse. – Pourquoi vous n'échangez pas vos numéros de téléphone ?

Je cherchai sa cheville sous la table, mais mon petit coup de pied dut lui sembler un signe d'approbation. Quand le pizzaiolo retourna en cuisine, Gisella se réinstalla sur sa chaise. Elle était contente.

– Alors, il te plaît ?

Dans ces cas-là, je ne répondais même pas. Je mâchais en silence ma bouchée de pizza, les genoux serrés, fulminant intérieurement.

Nous nous étions connues gamines en regardant les trains. Moi, j'y allais tous les après-midi, dès que je sortais de l'école. La gare se trouvait sur le chemin de la maison, je grimpais sur un parapet qui donnait sur les quais. À cette heure-là, l'Express partait pour Milan, moi je comptais les fenêtres grand ouvertes qui défilaient devant moi, les bras tendus à l'extérieur pour dire au revoir, les mains qui semblaient de cire, si blanches et immobiles. Moi, je n'aimais pas les trains, j'aimais seulement imaginer ce qu'ils emmenaient avec eux. Puis, un jour, je me suis retrouvée à côté de Gisella, petite, ferme, qui escaladait avec ses semelles compensées. Elle se penchait au-dessus du parapet et elle saluait tout le monde, comme si chaque voyageur la rendait orpheline de quelque chose. Il me sembla la voir pleurer.

– Tes parents ? demandai-je.

– Où ?

– Là-bas. – J'indiquai un train. – Ils sont partis, tes parents ?

– Non.

– Un fiancé ? Un ami ?

– Personne.

– Mais alors, à qui tu disais au revoir ?

C'étaient les autres qui lui disaient au revoir, les voyageurs sans visage avec leurs petites mains en l'air.

– Moi, je réponds par politesse.

Dès ce jour-là, on a commencé à ne pas se comprendre. On devint amies sans avoir la prétention de se ressembler. Elle, avec ses semelles compensées et ses talons de douze centimètres. Moi, avec mes ballerines en tissu, même en hiver.

– Il te plaît le pizzaïolo ?

Il me plaît ? Oui, non, chais pas.

Une heure après je le retrouvai en bas de chez moi, à peine Gisella m'eut déposée devant la porte de l'immeuble.

– Salut.

Dans les mains, il avait un carton qu'on utilise pour transporter les pizzas.

– Qu'est-ce que tu fais ici ?

– Je t'ai pris de quoi manger.

– Encore une pizza ?

– Mais de la bonne. – Il poussa le carton sous mon nez. – Je l'ai faite faire exprès. Tu aimes avec les oignons ?

– Non.

– Les poivrons ?

– Non plus.

– Pommes de terre ? Saucisse ? Épinard ?

Je me mis à chercher les clefs dans ma sacoche.

– J'ai pas faim. En plus, il est une heure et demain...

– Moi, je suis ici depuis minuit.

– Mais t'es fou ?

Il ne semblait pas fou. Avec son air propret, de collégien. Cheveux épais, noirs comme du charbon. Nez droit, comme le mien. Et puis, ce corps mince, long, lisse. Mignon. Je tentai de dompter ma voix.

– C'est gentil. Mais je n'ai pas faim, vraiment...

Le pizzaiolo souleva le couvercle. Il ne blaguait pas : poivrons, saucisse, pommes de terre, épinard, oignons, champignons. Des carrés minuscules de pizza. À chaque petit morceau, un goût différent.

– Pizza à la coupe. Je l'ai prise là à côté, chez un ami.

Mais qu'est-ce qu'on en a à foutre qu'il est une heure du matin.

– Je peux ?

Les doigts en pince, je saisis le petit carré aux oignons et l'avalai sans mâcher, ensuite je passai à celui aux cèpes. Et encore un autre morceau, aux épinards, fleur de courge, patates. Il n'avait pas sourcillé : les mains à plat sous le carton, il me regardait avaler ses morceaux de pizza.

– Assez…

Je pris un petit mouchoir en papier et j'y laissai une rayure de gras et de tomate. Le jeune homme regarda vers le haut, une enfilade de fenêtres aux persiennes fermées.

– Mais tu m'offres un café maintenant.

– À une heure du matin ?

– Cinq minutes…

J'ouvris grand la porte et un relent d'odeurs d'objets familiers entra dans mes narines. Des tas de livres empilés le long d'un mur, le coin cuisine et, au milieu de la chambre, le lit en guise de catafalque. Premier étage avec vue sur le plombier et le magasin de photocopies, sur les pavés usés, sur cette ligne d'ombre qui ne s'en allait jamais, même à midi. Trente mètres carrés dans un vieux quartier qui, dans le temps, avait abrité des putes et des lupanars. Après étaient arrivés les tables des bars, les bavardages autour des liasses de journaux, les cafés servis dans les petites tasses en verre comme le rosolio. Quand ce ressac migra ailleurs, les putes étaient revenues. Italiennes, opulentes, joyeuses, désœuvrées. Elles bordaient la rue étroite comme une venelle, elles fumaient, elles vous regardaient, se parlaient : elles travaillaient peu. J'étais devenue amie avec la plus grosse d'entre elles, un chignon blond sur le haut de la tête, un sac à main, un rouge à lèvres de poupée. “Salut, petite !” me disait-elle à chaque fois qu'on se croisait. C'était dit sans ironie et, pour moi, il y avait comme de la fraîcheur dans ce compliment.

Cette chambre, c'était la récolte des choses achevées. Des livres universitaires, des romans du XIXe siècle russe, quelques vinyles de quand mes parents s'étaient mariés, des photos de famille en noir et blanc : mon grand-père qui faisait penser à Mascagni, avec ses petites lunettes et son front fuyant ; maman quand elle était petite fille, une poupée en porcelaine, blanche, ronde, joufflue ; mon père maigre et pointu, qui me tenait dans les bras en m'indiquant quelque chose. Tes petits morts, me disait Gisella quand elle venait me voir. Elle faisait le signe de la croix et, après, elle me traînait dehors.

– Juste un café alors. Après, tu rentres chez toi…
– Oui.
– Du lait ?
– Non.
– Du sucre ?
– Oui.
– C'est quoi ? Un pari ?
– Quoi ?
– Me répondre tout le temps en monosyllabe. Oui, non, oui…
– Non…
– Voilà.
– … c'est que… j'observais comment tu préparais le café.

Un regard direct, sans pénombre. Sans même une once de malice. Peut-être que je ne lui plais pas, pensai-je.

– C'est la seule chose que ma grand-mère m'a apprise, dit-il. Faire le café.
– Elle est de Naples ?
– Du Chili.

Je restai là, la cafetière à la main, à moitié vissée.

– Et comment elle préparait le café, ta grand-mère ?
– Elle remplissait la cafetière et elle faisait trois trous dans le café moulu avec une fourchette. – Il indiqua l'élément du bas. – C'est pour mieux répartir l'arôme.

J'ai vissé et allumé le feu.

– Morte ?
– Non…
– Malade ? Tumeurs ? Métastases ?
– Non, ça fait un moment qu'on ne s'est pas appelés, mais elle va bien… Pourquoi tu me le demandes ?
– Comme ça.

D'où me venaient ces questions ? C'était quoi ? Je les voulais tous mourants ?

– Bois.

J'étais de mauvaise humeur maintenant.

– Tu ne le remues pas dans la cafetière ?

– Non.

– Ma grand-mère disait…

– Excuse-moi, je suis un peu pressée.

– À cette heure-ci ?

– Oui, à cette heure-ci. Pourquoi ?

– Mais t'es toujours aussi vénère, toi ?

Je saisis la poignée de la porte.

– Écoute, machin…

– Je m'appelle Alfredo.

– Alfredo, c'est pas un nom chilien.

– Qu'est-ce que t'en sais ?

Je croisai un instant mon reflet dans la glace. À côté de ce jeune homme joyeux, de ce beau visage allongé et sec, soudain je me sentais plus vieille. Comme si tout, à l'intérieur de moi, avait pris de l'épaisseur, les poches sous les yeux, les chevilles gonflées, les mains lourdes. Et même mes questions : hargneuses, suspicieuses. Peut-être que le travail n'avait rien à voir là-dedans.

– Mais toi ? Comment tu t'appelles, toi ?

– Teresa. Mais maintenant je vais dormir, je dois me lever tôt demain.

J'ouvris la porte entièrement, j'attendais qu'Alfredo sorte.

– Il est même pas deux heures… dit le jeune homme.

– Salut, Alberto.

– Alfredo.

– Alfredo. Et merci pour la pizza.

– Alors salut… encaissa-t-il.

Et il partit pour de bon. Sans même se retourner.

4

Ma mère décrocha dès la première sonnerie.

– Tu sais, je descends samedi…

De l'autre côté, silence.

– T'es là ?

Soupir.

– Je t'écoute…

– Mais qu'est-ce que t'as ? C'est toi qui me l'avais demandé, non ? Pour la fête de Sant'Agata, les *olivette**, la veste en mouton de papa…

– … je l'ai apportée au nettoyage à sec. On dirait qu'elle est neuve maintenant…

– Dis donc, t'es pas contente que je vienne ?

– Mais toi, comment tu vas ?

Elle était comme ça, ma mère. Quand je ne répondais pas à ses appels téléphoniques, elle n'en dormait pas de la nuit. Et, quand je décidais d'aller la voir, elle n'en dormait pas non plus.

– Je vais bien maman, comment tu veux que j'aille ?

– Toujours célibataire…

– Excuse-moi, mais qu'est-ce que t'en sais ?

– … sinon tu ne descendrais pas.

Éreintée, je me suis laissée tomber sur le lit. En trente-deux ans, je n'ai pas le souvenir de l'avoir vue sourire. Pas même avec mon père. Au contraire : ces années-là, justement, avaient été encombrées de plaintes en écho, de mots languissants, le ton de sa voix toujours en équilibre

---

* Pâtes d'amande qui ont la couleur et la forme d'une olive. Elles sont préparées pour la fête religieuse de sainte Agathe, le 5 février, en l'honneur de la sainte patronne de la ville.

sur un pleur, et quand elle se laissait aller, c'était bref, noueux et sans larmes. Comme un truc de circonstance.

J'étais née par hasard, alors que mes parents venaient tout juste de cesser d'être jeunes. Mon père m'avait cherchée en vain pendant de nombreuses années et s'était désormais résigné ; ma mère approchait de la ménopause et, en attendant, elle se préparait un temps à soi fait de petites choses. Puis, je suis arrivée. Quand je n'étais encore qu'une enfant, déjà, elle avait commencé à me dire, tu n'étais pas prévue, je ne voulais pas de toi... C'était sa façon de m'aimer.

Ensuite, après la mort de papa, pendant un moment, elle avait semblé refleurir. Pas dans les mots, qui observaient toujours un deuil strict. Mais il se passait quelque chose dans son corps : le galbe de ses hanches, la pureté de ses pommettes hautes et nettes, et la poitrine qui avait repris sa liberté. Quelque chose s'épanouissait en elle. Un jour, de la porte entrebâillée de sa chambre, je l'avais surprise pendant qu'elle se peignait et se regardait dans le miroir. Elle venait de se réveiller, elle était debout devant son reflet, dans une nuisette en soie noire aux bretelles très fines, les jambes nues, le dos droit, et elle se brossait les cheveux très lentement, consciencieusement, comme si quelqu'un les lui caressait. Elle ne m'avait pas remarquée et moi, je l'observais, j'essayais de comprendre ce qu'elle voyait dans le miroir : une veuve, une femme qui se découvrait encore belle, peut-être l'ombre d'un désir... Pour finir, elle s'était aperçue de ma présence. Et elle s'était mise à se brosser les cheveux avec fureur, en toute hâte, tandis que ses yeux retrouvaient leur tristesse : deux virgules dirigées vers le bas.

Elle était faite comme ça : elle avait commencé à se plaindre alors qu'elle n'était encore qu'une gamine, fiancée à un jeune homme de son village qu'elle n'avait plus revu en dehors des dimanches après-midi au milieu de l'essaim familial et des petits gâteaux. Elle avait continué de se plaindre sans raison précise, même après qu'elle eut épousé ce jeune homme, que la famille s'était fortifiée et que moi, j'étais arrivée. Pour ma mère, se plaindre était une condition nécessaire, un devoir social. Peut-être pour compenser la nature de mon père qui était bruyant, désinvolte, indiscipliné. Chacun d'eux voyait dans l'autre ce qu'il ne serait jamais, et ça suffisait.

Moi, je me tenais à mi-chemin. J'observais, j'attendais, j'obéissais. Par exemple, quand mon père allait jouer au foot avec des amis. Il revenait de ce petit terrain minable qui semblait rescapé de la guerre, ses grosses chaussures pleines de boue, le tee-shirt trempé de sueur, les protège-tibias durs et raides comme des bottes de soldat. Quelle qu'ait été l'issue de la partie, je me souviens de lui content, toujours prêt à se reposer dans un bain d'eau bouillante qu'on préparait une heure à l'avance : pendant que ma mère choisissait une à une les serviettes dans son trousseau de mariage, je restais là, le doigt dans la baignoire, pour éviter que l'eau ne perde sa bonne température.

Le moment venu, nous nous placions derrière la porte de la maison, elle avec un visage triste et un chiffon dans la main, et moi avec la discipline d'un garde suisse. Quand papa revenait, on ne lui disait même pas bonjour : nous devions veiller à ce qu'il enlève bien ses grosses chaussures avant d'entrer dans la maison. Puis, on l'escortait jusqu'à la salle de bains en l'obligeant à marcher pieds nus sur un sentier de feuilles de journal que j'avais disposées par terre afin qu'aucun grain de sable ne se mélange à la cire du carrelage. C'étaient des moments ridicules, mais domestiques : mon père qui commençait à se déshabiller en sautillant sur les pages de faits divers, l'œil fixé sur le nuage de vapeur flottant au fond du couloir, et moi qui ramassais en vitesse short, tee-shirt, chaussettes, sac de sport, coquille, protège-poignets, avant qu'ils ne touchent le sol ; entre-temps, ma mère le suivait et : À ton âge, lui disait-elle avec mépris, à ton âge… Et elle ne terminait jamais sa phrase.

– Maman ? T'es encore là ?
– Je t'écoute.
– J'ai changé d'avis. Je ne descends plus.
Silence. Puis un murmure humide au fond du combiné.
– Allez, je blaguais…
Le murmure se tranquillisa, puis disparut.
– Tu arrives quand ?
– Samedi après-midi.
– Couvre-toi parce qu'il fait froid ici.
– Maman…
– Quoi ?
– Ne dis pas à Tino que je descends.

Quand mon père mourut, leur jeu d'opposition se brisa pour toujours. Et ma mère, pour la première fois de sa vie, décida de ne pas pleurer. Je me souviens bien d'elle le jour de l'enterrement. Droite, belle, muette. Parfois, elle posait une main sur le cercueil, et la laissait là. Jamais de larmes. Même les jours suivants, alors que les visites familiales se faisaient plus rares, avant de s'arrêter complètement, même quand les journalistes cessèrent d'écrire leurs petits articles désolés et distraits. Les larmes appartenaient à la vie d'avant, aux grumeaux de terre de l'Etna que mon père ramenait à la maison après ses matchs de foot ou à la manière dont ils s'étaient connus dans les profondeurs de ces après-midi de village : elle qui apprenait déjà à être molle et mélancolique, et lui qui lui adressait des rires francs et des mots de miel avant de s'en aller au bordel avec ses amis.

Je me baissai à côté du lit, et je tirai vers moi une de ces vieilles valises qui servaient aux voyages familiaux chargées de sangles et de renforcements. Tout était là-dedans. Tout ce qui m'était utile pour ramener à la vie chaque détail de ce matin-là, lorsque ces quatre mots – ton père est mort – s'étaient précipités sur moi, bruit de vitres, de chaux, d'os ; un avant et un après, et ces mots – ton père est mort – en guise de rideau, de couperet, un volet qui se baisse, une porte qui se ferme. Fin.

Tout dans cette valise-là.

J'en sortis une chemise cartonnée maintenue par un élastique pourri qui se décomposa entre mes doigts. Je l'ouvris, je pris une à une les pages du journal et je les étalai sur le lit avec des gestes consciencieux, comme si ces feuilles désormais fatiguées n'étaient plus du papier jauni, mais des corps malades. Sur certaines, il y avait la photo de mon père, toujours la même, d'abord en grand, puis en plus petit, puis format timbre-poste. Je me souviens parfaitement du chroniqueur judiciaire du journal local. Ils n'avaient rien trouvé à publier, la petite photo du permis de conduire était vieille de trente ans et la carte d'identité, on ne savait plus où elle était passée.

– Par hasard, vous avez une photo de lui ? avait-il demandé. Une photo de vous trois, c'est encore mieux.

Il avait indiqué du menton une porte fermée derrière laquelle il imaginait ma mère. Il était petit, avec des cheveux gras, il portait une espèce de gilet multipoches qui l'aidait peut-être à se donner un genre dans les salles d'audience au milieu des toges noires et des floches argentées.

– Je peux vous la payer. Mon directeur m'a autorisé...

Il comprit qu'il venait de commettre une erreur. Il se retourna vers le photographe, un jeune homme chétif qui n'avait pas encore ouvert la bouche.

– On pourrait aussi la reproduire. Qu'est-ce que t'en penses, Tano ? Comme ça, on ne devra même pas la prendre avec nous.

Tano ne lui répondit pas. L'appareil photo posé sur le ventre, il fixait un point devant lui au fond de la pièce. Il y avait une photo de mon père sur la commode. La seule fois qu'ils avaient gagné quelque chose à un championnat de football organisé par l'entreprise. Il était debout, une coupe serrée entre les genoux, avec le brassard de capitaine qu'il était obligé de porter parce qu'il était le plus vieux. Il souriait, mais d'un sourire sérieux, différent de celui des autres. Je démontai le cadre et je pris la photo. Ma mère avait entrouvert la porte de la cuisine et me regardait. Je croyais qu'elle allait m'arrêter, mais elle la referma lentement et disparut.

– Mais après vous me la rapportez, dis-je au photographe.

– Évidemment, dans deux jours, mademoiselle.

Il me sourit et la mit dans sa poche. Et ils s'en allèrent d'un pas rapide, comme des voleurs, sans se retourner. La photo, ils ne me l'avaient jamais rapportée. Et maintenant je l'avais là, imprimée sur le journal. D'abord en grand, puis en plus petit, puis en minuscule, et puis plus rien. Je repliai tout soigneusement, je remis la chemise cartonnée au fond de la valise et la poussai sous le lit. Mais pourquoi, quand les gens meurent, on cherche toujours une photo sur laquelle ils sont heureux ?

Le téléphone sonna. Je dormais encore, les paupières closes, les bras le long du corps, avec les pages du journal autour du lit. Je rêvais que j'étais en train de brosser la veste en peau de mouton de ma mère. La sonnerie disloqua mon rêve, je commençai à brosser dans le mauvais sens, avec des gestes hystériques, et la fourrure se ratatinait, et moi je me désespérais… D'un bond, je m'assis, la main cherchant le combiné. Ma mère ? En pleine nuit ? Que s'était-il passé ?

Ce n'était pas la nuit : même pas neuf heures du soir. Et ce n'était même pas ma mère.

– Je t'ai réveillée ?

C'était lui, le pizzaiolo.

– Je me suis dit que, peut-être, t'aurais envie de sortir… je sais pas… d'aller manger quelque chose ?

Mon silence embrouillait ses mots. Il balbutiait, il toussait. Il attendait.

– Je n'ai rien mangé depuis hier soir, lui avouai-je.

– Magnifique !

Je l'avais rendu heureux.

– Je passe te prendre dans une demi-heure.

– Augusto ?

– Alfredo.

– Alfredo. Mais pas de pizza, alors.

Une jupe rigoureusement en dessous du genou, un gros pull écossais ras du cou, comme ça, je ne risquais pas d'attraper froid, les boucles d'oreilles en perle de ma grand-mère, des bottes sans talons, de toute façon Alfredo était plus petit que moi. Les dernières minutes qui me restaient, je les passai devant le miroir. Pas à me regarder : à me chercher. Chercher les traces de quelque chose, d'une familiarité, ou je ne sais quoi… Je pouvais rester absorbée devant le miroir pendant des heures, comme si je me voyais pour la première fois. De temps en temps, je cherchais ma mère, ses yeux en forme de virgule : j'étirais mes paupières vers le bas, je fronçais la bouche, je faisais semblant de lui ressembler. Parfois, c'était au tour de mon père. Avec lui, il suffisait de n'importe quel indice, par exemple le profil de son nez, qui commence en ligne droite et peu à peu s'en va sur le côté, ça c'est le nez grec des gens qui doivent décider, disait mon père, des gens qui doivent faire. Mais moi, je ne décidais pas, je ne faisais pas : il ne me restera que ce nez tordu, pensai-je, transmis de père en fille, et personne ne m'épousera. Je le caressai du doigt : je m'y étais attachée. Je tirai le pull sur ma poitrine, je passai une main sur mon abdomen en une espèce de caresse honteuse : depuis combien de temps je ne faisais plus l'amour ?

– Ça te dit de l'angus ?

De l'angus ?

– De la viande d'Argentine. On la fait venir de là-bas.

– Pourquoi ?

Alfredo prit son temps.

– Parce qu'elle est meilleure.

– T'y es déjà allé ?

Il serra ses mains autour du volant. Sa veste en laine légère grinça sur ses épaules.

– En Argentine ? Non, jamais...

– Je voulais dire dans ce restaurant.

– Non plus. – Il sourit. – Je l'ai trouvé dans le guide *Gambero rosso*. Pourquoi ?

– Comme ça... j'aime être la première.

Mais d'où me venait cette minauderie ?

– Tu es la première, dit Alfredo d'une voix flûtée.

Je l'épiai du coin de l'œil. Mignon, poli, bien habillé. Une gravure de mode.

– T'aimes le negroni ? demandai-je.

– C'est fort...

– T'aimes ou pas ?

– Je n'en ai jamais bu.

– Alors, tourne à droite... là au fond...

Alfredo obéit. Il aurait pu dire non, que c'était hors de question, qu'il avait faim, qu'il voulait son steak argentin, la bouteille de rouge conseillée dans le guide, un repas sans imprévu, sans complications, et qu'est-ce que le negroni vient faire là-dedans ?

– Tu sais comment ça se prépare, au moins ? lui demandai-je méchamment.

– Du gin...

– Du campari et du martini rouge. Quoi d'autre ?
– Des glaçons.
– Des glaçons comment ?
– Ronds, carrés… qu'est-ce que j'en sais ?
– Des glaçons frais.
– Comme le poisson ? Sinon ça pue ?
– Les vieux glaçons fondent tout de suite. Et ça dilue le negroni. Mais tu sais faire que des pizzas ?
– Je suis en fac de médecine et je travaille pour subvenir à mes besoins.
– Je t'ai vexé ?
– Non.

Il était vexé. Il avait passé son après-midi à choisir ce restaurant et à analyser l'itinéraire sur un plan de la ville, pour se retrouver dans un embouteillage le long du Tibre, assis à côté d'une jeune fille habillée comme aux fêtes de collège. Je posai ma main sur celle qui serrait le volant. Nous étions restés comme ça pendant un long moment : moi, je lui indiquais le chemin, et lui, il roulait en silence, sans changer les vitesses, il avait peur de perdre ce contact.

Dans le bar, on s'était envoyé deux negroni d'affilée. On avait trouvé une table minuscule tout au fond de la salle. Il y avait ce genre de bougies qui ne coulent pas, une petite assiette avec des petits morceaux de pizza froide et un monsieur qui jouait du piano pour lui tout seul.

Alfredo était en train de se liquéfier, il n'avait plus faim, il s'était épris du negroni. D'un geste héroïque, il commanda la troisième tournée. Il partit téléphoner pour prévenir le restaurant qu'on n'arriverait jamais, mais il s'aperçut que ses mots s'émiettaient un peu trop vite, les voyelles trébuchaient et s'en allaient chacune de leur côté. Il revint à table, il essaya de m'effleurer le dos de la main, puis s'excusa et il entreprit très lentement un sourire, à la moitié du sourire il se leva et partit vomir.

On a roulé au pas jusque chez moi, j'avais le plan de la ville sur les genoux et Alfredo avait l'œil collé au pare-brise comme si le brouillard venait de se lever. Lui, il s'était amusé. Moi, je ne me posais même pas la question, j'étais trop occupée à lui indiquer le chemin. Devant la porte de l'immeuble, il tenta un baiser, sa bouche glissa sur mon menton, sur mon cou, puis sur les coutures de mon pull. Je ne l'ai pas repoussé. Je lui fis une caresse sur les cheveux, avec ma main j'essuyai sa bave et je descendis de la voiture. Je me sentais flattée et découragée. Désormais, je savais que je tenais mieux l'alcool qu'un homme, et qu'encore une fois j'allais me coucher tôt. Je n'allais rien dire à Gisella.

Le lendemain matin, c'est elle qui a tout dit.

– Alors, vous avez baisé ?

Tout son corps rigolait.

– Mais tais-toi !

– Un peu de frotti-frotta au moins, dans la voiture ?

– Tu sais, j'ai bien compris que c'est toi qui as envie de le mettre dans ton lit.

– Quoi ? Un pizzaiolo ?

– Il est en fac de médecine. Et s'ils n'ont pas une petite villa à Brianza, ils ne t'intéressent pas ?

– Tu fais chou blanc et après tu t'en prends à moi.

– Je n'ai pas fait chou blanc. On a bu, c'est tout.

Je me suis assise sur le petit divan à fleurs à côté du casier en métal. De fausses fleurs sur le divan, et d'autres en plastique dans un vase bleu en verre oublié dans un coin. Heureusement que les *morituri* ne passaient jamais par ce bureau.

– Et si je laissais tomber ?

– Pourquoi, vous êtes déjà ensemble ?

– Ce travail, tes fiches. – J'indiquai du menton une pile de dossiers sur le bureau. – Cette ville, tout.

– Oui, et tu retournes vivre chez ta mère.

– Je louerai un appartement.

– Et comment tu vas le payer ? Avec les remplacements que tu feras dans l'école de Santino ?

– Je chercherai un travail.

– Vas-y, dis-le… un vrai travail !

– Mais ça ne te rebute pas ? Ces poumons, ces foies, cette chimio…

– Je ne les connais pas et je ne sais même pas à quoi ils ressemblent.

– … et, de temps en temps, tu tires un trait sur leur nom…

– Je sépare les morts des vivants.

Elle l'avait dit d'une voix ténue. Ça lui arrivait quand elle ne blaguait plus. Sa poitrine, énorme, vibrait comme si elle allait pleurer. Elle pointa sur moi ce qui restait d'un crayon rouge :

– Tu veux le faire ?

Pourquoi je m'en prenais à Gisella ? Je me penchai au-dessus du bureau, sur sa paperasse. J'essayai d'adopter un ton doux :

– T'as qui sur la liste ?

Gisella me regardait à peine. Je l'avais habituée à mes sautes d'humeur.

– T'es complètement folle, toi.

Elle se pencha pour feuilleter le registre de son doigt dodu, l'ongle rongé, avec du vernis rose qui avait débordé.

– Il y a un nouveau… Il a cinquante-trois ans, il vit seul, et le diagnostic…

– Dis-moi seulement où il habite.

Gisella leva la tête.

– Ici, il est écrit : Rebibbia. Centre de détention de Rebibbia.

Le rendez-vous avait lieu l'après-midi même. L'homme s'appelait Ferrari. Libero Ferrari. Un drôle de nom pour quelqu'un qui vit dans une prison. La fiche indiquait seulement l'âge et l'adresse : Rebibbia. Pas de femme, pas d'enfants. Ça ne lui sert à rien d'en avoir là-dedans, pensais-je.

Je décidai de rentrer à pied, je voulais traverser le marché de la place Vittorio. Sans raison : je voulais seulement faire le plein de ces odeurs qui chaque fois m'agressaient le nez. Quand j'étais petite, ma mère m'emmenait à la poissonnerie, un rassemblement de comptoirs en bois situé derrière les bâtiments baroques et qui accompagnaient le cours principal de la ville, jusqu'à la mer. Ces poissons alignés dans les caisses me semblaient tous pareils : rigides, livides, la gueule écrasée et des petits yeux de verre opaque. Mais les odeurs, elles étaient vivantes : algues, eaux croupies, arôme du sang salé des tranches d'espadon suspendues par des crochets, effluve humain des fruits de mer. Je m'accrochais à la main de ma mère, je fermais les yeux et je me laissais entraîner pendant que je jouais à donner un nom à chaque odeur ou un visage à chaque obscénité que les poissonniers se hurlaient d'un comptoir à l'autre, jusqu'au moment où elle me ramenait à la vie par une secousse et me mettait un cornet en papier jaune entre les mains. Puis, on rentrait à la maison. L'*anchola* : le poisson des pauvres, le moins cher.

Un jour, mon père rapporta à la maison une boîte en liège ruisselante d'eau. Quand il souleva le couvercle, à l'intérieur il y avait une montagne de neige : de la glace pilée, très fine. Elle renfermait une vingtaine d'huîtres aussi grandes que la paume de ma main. Odeur de musc et de graisse : les deux pêcheurs qui les vendaient au comptoir juste à l'entrée de la poissonnerie m'étaient revenus à l'esprit. Un père et son fils, bottes en caoutchouc, bérets en laine sur la tête, même au mois d'août ; l'un pesait et l'autre hurlait.

– Elles viennent de l'océan, dit mon père.

Il en dégagea une de la glace.

– C'est pas vrai, j'ai dit, elles viennent de la poissonnerie. Je les connais, c'est ceux qui...

La calotte de ma mère m'atteignit à la nuque, sèche et méchante.

– Et qu'est-ce que t'en sais, toi? En plus, tu gardes les yeux fermés quand tu viens avec moi. Toujours en train de contredire... Allez, manges-en une!

Je reçus l'huître, une espèce d'hostie dans le creux de mes mains.

– J'en veux pas.

– Mange-la!

– Non!

– Et toi aussi, qui achètes ces choses-là à ta fille comme si on était au restaurant!

Pour ma mère, c'était toujours la faute des autres. La mienne parce que je ne mangeais pas. Celle de mon père parce qu'il se passait ses caprices de *carusazzo,* de jeune con.

– Regarde comment on fait... me dit-il doucement, comme il faisait toujours quand ma mère haussait la voix. Comme ça, tu l'apprends à tes amies...

Il prit l'huître de mes mains, porta la coquille à sa bouche, suça les humeurs du mollusque et l'avala sans mâcher.

– C'est dégueulasse, dis-je.

– C'est comme quand on embrasse un garçon, répondit mon père.

– Mais qu'est-ce que tu apprends à ta fille?

– Et qu'est-ce que je dois lui apprendre? Tu ne vois pas que c'est une demoiselle, maintenant?

Ma mère s'était mise à me fixer. Longuement, dans un silence compact. Elle me voyait pour la première fois. Sa fille qui était devenue une femme. Sa fille qui embrassait des garçons.

– Tu t'es fiancée? me demanda-t-elle, effrayée.

– Non.
– T'es sûre ?
– Sûre.
Elle semblait soulagée. Elle prit une autre huître de l'assiette et elle la mit devant ma bouche.
– Allez, mange... Dieu sait combien elles ont coûté à ton père.

Pas de pêcheurs avec des bérets en laine au marché de la place Vittorio. Mais des hommes jeunes, secs et basanés, ou alors pâles et chauves, certains avaient des yeux étroits qui fuyaient leur visage, d'autres étaient noirs et c'est tout. Ils vendaient chacun leurs trucs. Je jouais aussi là-bas. Je plissais les yeux, je faisais attention à ne pas me faire remarquer, je marchais lentement en traînant le pas et, pendant ce temps-là, j'essayais de reconstruire chaque odeur, chaque saveur : ça, c'est du piment, ça brûle au nez, c'est rouge comme la terre des déserts, ici, c'est les épices, des odeurs jaunes, tièdes, là ça sent la fumée, du bois brûlé, et ça, c'est l'odeur du four, tomates, basilic et peut-être l'anchois... J'ai ouvert grand les yeux : Alfredo était au garde-à-vous devant moi avec une part de pizza dans la main. Tomates, basilic et anchois.
– T'en veux un peu ?
– Qu'est-ce que tu fais ici ?
– Je t'ai vue arriver.
– Tu me vois et tu penses toujours à la pizza ?
– C'est que, depuis l'autre soir, cette histoire de bifteck argentin...
– T'es bête, je blaguais. On la mange où ?
Alfredo se balança sur lui-même.
– Chez toi ?

Qu'est-ce qu'il me voulait, ce garçon ? Qu'est-ce qu'il cherchait en me faisant la cour à coups de pizzas ? Une histoire ? Une petite coucherie, comme dirait Gisella ? Et moi, est-ce que je lui plaisais pour de vrai ? Même si je n'ai pas de poitrine ?

Nous trouvâmes un banc. De là, on voyait toute la place déserte à cette heure, lessivée par la tramontane. Parfaite pour ne rien se dire. Mais moi, j'avais envie de parler.

– Tu rentres souvent chez toi ?

– C'est chez moi ici, répondit Alfredo en agitant ses doigts tachés de tomate.

– Je veux dire, là-bas, au Chili.

– Tout le monde me demande ça.

Il se nettoya les doigts en les mettant dans sa bouche.

– Vous les Italiens, vous pensez qu'à ça : d'abord il faut partir, puis il faut revenir... Jamais posés, jamais en paix.

– Moi je ne veux pas rentrer.

– C'est bien.

– ... mais je ne sais même pas si je veux rester.

Je pris le dernier morceau de pizza et le glissai dans la bouche d'Alfredo.

– Tu manges pas beaucoup, toi.

Je tentai de le caresser, mais il saisit mon poignet et il mit mes doigts dans sa bouche. Il les lécha sans se précipiter, en me regardant dans les yeux. Je le laissai faire.

– Ils ont quel goût ?

– Anchois. Et menthe.

– C'est à cause de mes bonbons. T'en veux un ?

Je fouillai dans mon sac, j'en sortis une petite pastille, je la déballai et je la déposai sur sa langue. Alfredo l'avala, et il prit de nouveau mon poignet en le serrant fort.

– Tu veux venir ?

– Où ?

– Ailleurs. Avec moi.

– Et la pizzeria ?

– Je quitte, je démissionne. Chais pas...

Il serra encore plus fort
– Allez, on part.
– Tu me fais mal.
– Excuse-moi…
Il lâcha mon poignet. Je commençai à mettre dans le carton les restes de notre pizza.
– Tu débarrasses ?
– Je dois aller à Rebibbia.
– Qu'est-ce que tu vas faire là-bas ?
– Je vais voir un gars.
– Un voleur ?
– Je ne sais pas.
– Un gars qui a tué ?
– Je ne sais même pas qui c'est.
– Si tu veux, je t'emmène voir des gens qui ont vraiment tué. Dans mon pays, les pires, ils sont dehors, on les rencontre dans la rue, on dirait des gens bien. Ils sont âgés, élégants…
– T'es parti à cause d'eux ?
– Je suis venu ici pour étudier la médecine.
– Tu pouvais étudier dans ton pays.
Ça m'agaçait cette façon de se plaindre, de se mettre en colère avec modération : qu'est-ce qu'on y peut, c'est la vie, ainsi va le monde…
– Moi aussi j'ai des choses à faire, dit-il.
Il se leva, réajusta son manteau et renifla.
– Bon. Salut, je dis.
Il ne me répondit pas. Il était déjà parti.
– Hé, salut ! lui hurlai-je.
– … salut, mastiqua-t-il, trop doucement pour que je puisse l'entendre.
On avait trouvé une belle manière pour se dire au revoir, Alfredo et moi. Sans trop de fioritures.

Rebibbia. Terminus de la ligne rouge. À onze arrêts de la maison. À partir de là, il y avait encore trois cents mètres le long du mur extérieur de la prison, une enceinte de quatre mètres de haut qui marquait la frontière. Je marchais en effleurant du bout des doigts le ciment décrépi, les égratignures de la chaux. J'étais allée une seule fois dans une prison, pendant le procès de celui qui a tiré sur mon père. Je pensais que ça m'aurait fait souffrir, mais en fait je m'étais ennuyée. Tout me semblait faux, les cages, les mots des avocats, les sourires forcés des détenus, le visage de marbre des carabiniers. Comme si un rôle leur avait été confié et qu'ils avaient tous décidé d'obéir sans que jamais un geste ne se fasse spontanément. Même les jurés s'ennuyaient, muets, immobiles, l'écharpe tricolore de travers, parfois leurs yeux se posaient quelque part et revenaient très vite à leur place.

On nous avait placées au premier rang, ma mère et moi, dans la rangée réservée à la partie civile, mais on n'était que nous deux. L'avocat nous avait expliqué qu'il n'y avait pas grand-chose à dire, juste décliner les identités au micro dès le début de l'audience. Il avait vraiment dit ça, décliner les identités, et ma mère s'était tout de suite mise à pleurer. C'était à cause de ce jargon de procès-verbal, de morgue, de documents timbrés : comme si elle venait de comprendre seulement à ce moment-là, devant les mots abstraits du procès, que son mari avait été tué et qu'il ne restait de lui que des trucs brefs, des avocats, des noms à décliner.

J'avais cherché des yeux la cage dans laquelle l'assassin était enfermé. Il avait affiché un air arrogant sur son visage et, de temps en temps, il parlait par gestes avec ses amis entassés au milieu du public. On avait le même âge et, pour moi, c'était la seule nouveauté du procès, la seule conséquence susceptible de mettre tout le monde mal à l'aise, bien plus que ces plaidoiries d'avocats. Je commençai à suivre le cirque de ce jeune homme, les bonjours qu'il faisait à la famille de sa main grand ouverte, le dos tourné aux juges, et ses petits pas nerveux, effrontés dans la cage. Nos yeux s'étaient croisés rien qu'un instant, une fraction de vie s'était remplie de couleurs opaques, de fer et de plomb, un garçon et une fille, les ombres de nos vingt ans.

Quand ils m'avaient appelée pour témoigner, je m'étais installée sur la chaise, j'avais longuement lissé ma jupe avec les mains et puis je m'étais embrouillée. À cause de leurs questions : Quand avez-vous vu votre père pour la dernière fois, à quelle heure, qu'est-ce que vous vous êtes dit ? Je pensais : mais qu'est-ce que ça peut vous faire ? J'avais compris après que ça faisait partie de la comédie, qu'il fallait se donner un air affligé et qu'il fallait répondre dans les moindres détails, comme si tout le sort de ce procès dépendait vraiment de ces paroles inutiles.

Pour finir, il en avait pris pour vingt ans. Ma mère s'était de nouveau mise à pleurer. Pas moi. Je m'étais sentie un peu plus vieille et un peu plus sale. Quand ils lui avaient lu la sentence, j'avais vu un instant son air abattu, et qu'il n'avait plus ce masque de petit mafieux. Puis, tout était redevenu comme avant. De derrière les barreaux, l'assassin saluait ses amis pendant qu'on l'emmenait et ma mère pleurait sans émettre un son. L'avocat l'avait étreinte, comme pour dire : nous avons réussi, vous avez réussi. Moi, au contraire, j'étais restée les bras le long du corps, de cette condamnation, de ce condamné, j'en avais rien à foutre. Il avait simplement fait son métier, on le payait pour tuer et lui, il avait tué. Amen.

Ils ouvrirent une première porte à barreaux, puis une autre entièrement vitrée. Un gardien prit en main la note écrite que Gisella m'avait préparée, il la lut plusieurs fois, il empoigna le téléphone. Ils étaient élégants, ces surveillants de prison : béret bleu clair, uniforme gris. Comme s'ils allaient à une cérémonie.

– Portable ? Enregistreur ? Appareil photo ? demanda-t-il.

– Rien.
– Même pas un portable ?
– Même pas.
Il semblait étonné.
– Je peux vérifier ?
Il sortit une à une les affaires de mon sac. Il les remit dedans.
– Comment faites-vous ?
– Faire quoi ?
– Sans portable ?
– Comme eux, j'imagine…
J'indiquai la porte, haute jusqu'au plafond, qui me séparait des ailes de la prison.
– Ici. Mais quand ils étaient dehors, ces messieurs, ils avaient trois portables chacun. Je vous accompagne à la direction.
Pourquoi la direction ? Moi, j'étais là pour un détenu qui était malade. Malade du cancer. J'étais convaincue qu'ils me l'auraient fait rencontrer dans une infirmerie ou une salle de visite. Une heure, selon le protocole, et puis je serais rentrée à la maison.
– Il y a un problème ? lui demandai-je.
– Le directeur va vous l'expliquer, mademoiselle.

Le directeur prit un certain temps pour me l'expliquer.
– M. Ferrari n'est plus notre hôte.
Il m'accueillit sans même un sourire. Il fit mine de se lever pour me serrer la main au-dessus du bureau, puis se laissa retomber sur la chaise. Il avait des pellicules plein sa veste et portait des lunettes à vieille monture en écaille. Cet homme était un modèle hors commerce.
– Il s'est évadé ? demandai-je sans blaguer.
– La dernière évasion à Rebibbia remonte à vingt-six ans. M. Ferrari est en liberté provisoire.
– Qu'est-ce qu'il a fait ?

– Il a tué.

Il a tué, stop.

– Vous pouvez m'en dire plus ?

– Quel âge avez-vous, mademoiselle ?

– Trente-deux ans.

– Ce n'est pas un âge pour vous occuper des assassins.

Mais qu'est-ce que t'en sais, putain, aurais-je voulu lui répondre.

– Je peux le voir, lui dis-je au contraire.

Il y avait une odeur de renfermé là-dedans.

– N'importe qui peut le voir.

Il se pencha au-dessus du bureau. Nota quelque chose sur une feuille.

– … je ne sais pas si Ferrari aura envie de vous voir. Ça, c'est l'adresse.

– Merci.

Je mis le papier dans ma poche. Je lui tendis la main, par politesse. Il la serra pendant quelques secondes.

– Mademoiselle, écoutez-moi. Laissez-le en paix.

5

En paix. Loin. À l'abri des regards insistants. Comme font les animaux. Il faut apprendre à mourir seul, quitter la meute quand l'heure a sonné et se retirer dans un endroit à la lisière de la forêt. Sans chercher à comprendre, sans vouloir à tout prix s'en faire une raison. Mourir seul, un interrupteur qui s'éteint, un truc évident et rapide. Peut-être qu'il avait bien fait, mon père, de s'en aller de cette façon. Sans se retourner, sans recevoir la pitié de personne. Peut-être qu'il avait raison, le directeur de la prison : de quel droit célébrer l'agonie des autres, la transformer en un jeu de mots courtois, en conversations futiles, montrez-moi vos photos, parlez-moi de votre enfance, souriez, ne restez pas là, comme ça, résigné à mourir… Mon métier répondait aux scrupules de ceux qui vivaient encore, et non pas aux derniers souhaits de ceux qui devaient mourir.

Je cherchai un bar, me suis fait prêter un plan, je n'avais jamais entendu le nom de cette rue. Elle était un peu plus grande que ces venelles du ventre bruyant de la ville, ce labyrinthe de ruelles fétides, de *movida* nocturnes. Je n'allais jamais là-bas. Atterrir dans ce quartier violent me dérangeait : ses silences en journée, ses quelques magasins, ses arbres desséchés, il n'y avait même pas un square ; et puis la vie qui explosait dès la tombée de la nuit, les tables des trattorias alignées le long des trottoirs, les bougies pour faire ambiance, la muflerie des faux aubergistes, et plus ils sont grossiers, plus le client est content de payer, les accordéons, les antipastis sortis du micro-ondes, les conversations qui s'épuisent au fil de la promenade.

La rue des Caprettari naissait pour mourir très vite, un peu plus loin, contre un mur de pierre et de ciment qui barrait la ruelle. Une enceinte, d'une villa ou peut-être d'une caserne. Je n'avais pas pris rendez-vous, je ne savais même pas si Ferrari allait me laisser monter. Au numéro 5, la porte de l'immeuble avait un plafonnier minuscule en plastique, un seul interrupteur et pas de nom. J'ai sonné. Il m'a semblé entendre quelqu'un soulever le combiné de l'interphone.

– Allô ? dis-je.

– C'est qui ?

Une voix d'homme. Bourrue.

– Monsieur Ferrari ?

– C'est moi qui ai demandé c'est qui.

– Je suis Teresa. C'est l'association qui m'envoie… Votre mut…

– Troisième étage.

Libero Ferrari avait une cinquantaine d'années, et il les portait d'une façon asymétrique. Les traces du temps s'étaient toutes rassemblées dans ses yeux, opaques comme des fonds de bouteille alors que le corps était encore ferme, sec, les épaules droites, les mains longues et maigres. Les cheveux, très courts, d'un gris délavé, de la paille de fer qui se raréfiait au niveau du front en marquant la force du visage. Le regard, lui, appartenait à un autre homme. Vieux, éteint. Il portait un col roulé, des baskets, un pantalon de jogging, un de ceux avec l'élastique autour de la taille. Il serrait dans sa main une paire de lunettes demi-lune de presbyte. Comme celles que mon grand-père utilisait dans son village.

– Excusez-moi, je ne vous ai pas prévenu avant…

– Vous pouviez pas. J'ai pas de téléphone. Alors, vous entrez ?

Tout l'appartement tenait dans une chambre, séparée en deux par des rideaux un peu élimés. D'un côté, il y avait une table, quelques chaises et des livres empilés le long du mur. Et, de l'autre, on voyait les pieds d'un lit en fer, comme à l'hôpital. Quelque part, peut-être, une salle de bains.

– Je peux m'asseoir ? Ça vous dérange ?

Non, fit-il avec les yeux.

– C'est notre premier rendez-vous, je ne voudrais pas vous fatiguer.

J'avais placé ma voix sur la seule note qui me permettait de poser des questions sans rien laisser paraître de moi. C'était l'unique diplomatie professionnelle que je m'étais imposée, pour tourner autour des faits sans jamais les effleurer : la maladie, la mort, la fin. On jouait la comédie et moi je n'étais pas douée pour cela.

Je lui ai demandé s'il avait envie de me parler de sa vie, de son passé, des livres qu'il aurait voulu relire. Ferrari me regardait en silence, les lèvres molles, le buste légèrement courbé, il ne voulait pas perdre un mot. Il m'écoutait comme un enfant qui accueille une histoire, sans se demander si la fable n'était vraie que pour lui, si c'était un cadeau ou une invention.

– Pourquoi vous voulez qu'on parle de mon passé ?

– Je pensais que…

– J'ai été en prison pendant vingt-deux ans, m'interrompit-il.

Il avait une voix fatiguée. Mais c'était une fatigue particulière, empâtée par l'habitude.

– Vingt-deux ans et six mois pour être exact, précisa-t-il. Les sept premiers en isolement. C'est ça, mon passé. Autre chose ?

– Vous ne voulez pas en parler ?

– Vous êtes quoi ? Une demoiselle de charité ? Vous êtes venue jusqu'ici pour ma rédemption ?

J'éclatai de rire. Bruyamment, sans pudeur.

– Mais putain, qu'est-ce qui vous prend maintenant ?

Je hochai la tête, j'essayais de contrôler les hoquets qui allaient dans ma gorge.

– ... excusez-moi... C'est que je ne suis pas habituée... balbutiai-je en essuyant mes larmes avec un mouchoir.

Même Ferrari semblait amusé.

– Si vous saviez comment sont les autres...

J'ai reniflé.

– Quels autres ?

– Les autres malades. Ils font de ces têtes... On doit leur arracher les mots de la bouche. Non, on peut tout leur demander et ils obéissent, dis-je plus sérieusement. Vous êtes le premier qui m'envoie au diable.

Même Ferrari se fit sérieux.

– Je n'ai rien contre vous, mais ce défaut de poser des questions, de refaire toujours les mêmes procès...

– Ne vous inquiétez pas, je sais déjà tout.

– Vous avez parlé avec le directeur de la prison, c'est ça ?

– Il m'a dit qu'on vous avait condamné à perpétuité.

Ferrari eut une quinte de toux que je pris pour un rire.

– Cet homme est un imbécile. Il vous a dit autre chose ?

– Il ne voulait pas que je vienne vous voir.

– Vous auriez dû l'écouter... dit-il doucement.

Il fit un geste de la main. Il avait l'air dégoûté.

– Vous aimez cet endroit ? me demanda-t-il.

Je décidai d'être sincère.

– Non.

– Moi non plus. En prison, j'ai eu des cellules plus chaleureuses que cet appartement. D'où êtes-vous ?

– Je suis sicilienne.

– J'y suis allé. Noto, Trapani, Termini Imerese... J'ai visité seize centres pénitentiaires.

– Ça changeait quoi ? Quand vous étiez transféré, je veux dire...

– Ça changeait tout. L'odeur, la forme du ciel quand ils vous emmènent pour la promenade, les histoires des gardiens. Toujours compliquées, leurs enfants qui n'étudient pas, leurs femmes qui grossissent, à les entendre on dirait qu'ils sont moins bien lotis que nous… Même la forme des chiottes change. Parfois, j'avais droit à de beaux W-C solides comme des trônes, parfois à un trou dans le sol, même pas un rideau pour me cacher. Ça vous est déjà arrivé, à vous, de baisser votre culotte et de faire vos besoins dans un trou devant vos amies ?

Il se tut. Il m'observa, assise sur le bord de la chaise.

– Je suis en train de vous raconter un tas de conneries.

Je m'adossai, j'essayai d'éclaircir ma voix. Puisque j'étais là, autant la gagner, cette journée.

– Voilà, justement… je suis ici pour votre maladie…

– Ne soyez pas ridicule !

J'allais me lever, mais il me prit le bras et m'obligea à me rasseoir.

– Vous êtes ici parce que, sinon, je retourne en cellule. – Maintenant, la pression autour de mon bras se transforma en une supplication. – Pour l'administration pénitentiaire, je suis un malade en phase terminale seulement si j'accepte de me faire soigner comme un malade en phase terminale. Sinon, ça veut dire que je me suis inventé un cancer. Je fais de la chimio deux fois par mois et un contrôle médical toutes les semaines, pour comprendre combien de temps il me reste à vivre. Si ça ne tenait qu'à moi, j'enverrais tout le monde au diable.

– L'espérance de vie a augmenté de trente pour cent en dix ans, il y a de nouveaux protocoles, quelques-uns sont déjà en vigueur, en Italie également…

Je récitais, j'improvisais. Je ne savais même pas pourquoi je faisais cela. Quelle différence entre la maladie de Ferrari et celle de tous les autres pauvres gars que j'avais connus ? Qu'est-ce qu'il avait de différent, lui ? L'odeur, peut-être ? Je sentais qu'il était imprégné d'une puanteur, mais ce n'était pas de la saleté. Il y avait quelque chose qui pourrissait chez cet homme comme de la vieille chair soustraite à l'air et à la lumière depuis trop longtemps.

– Vous croyez qu'on guérit d'une tumeur au cerveau ? demanda-t-il sans colère.

Il se massa les jambes.

– La visite sert uniquement à vérifier si je perds la tête.

Il tordit la bouche en un rictus.

– Ils ont peur. Ils imaginent que si je deviens fou, je pourrais inventer on ne sait quoi.

– Je suis désolée.

– Le directeur vous a évité les détails les plus pathétiques.

Il continuait à sourire, mais sans conviction. Il se toucha une tempe.

– Lobe pariétal gauche... Là-dedans, il y a un bout de cerveau qui fonctionne avec la mémoire. Quand la tumeur aura fini de dévorer mes cellules, je perdrai tous les souvenirs, je ne saurai plus qui je suis, comment j'ai vécu, ce que j'ai fait... Puis, je tomberai dans le coma.

Il se leva difficilement.

– Dans le fond, il y a des avantages à mourir comme ça.

Il regarda sa montre.

– C'est assez pour aujourd'hui, mademoiselle. Je suis fatigué...

Je me levai lentement moi aussi.

– Il est peut-être préférable que je ne vienne plus... dis-je.

– Je vous l'ai déjà expliqué, ce n'est pas possible.

– Ne vous inquiétez pas. J'enverrai une collègue.

Ferrari se raidit.

– Non. Revenez, vous.

De nouveau cette espèce de supplication.

– Je vous ai déjà dit beaucoup de choses. On se connaît, maintenant.

Il referma doucement la porte dans mon dos.

Je me suis retrouvée dans la rue sans m'en rendre compte. Cet homme s'était joué de moi. Il ne m'avait rien dit : pourquoi avait-il fait vingt-deux ans de prison, qui avait-il tué, combien en avait-il tué ?

Je passai à côté de l'arrêt du bus, et je continuai. J'avais besoin de marcher, de me purger de l'intérieur. La vie est un chaos, aurait dit le prof de mathématiques, c'est une somme de coïncidences, de chances, de damnations. Et chaque mort recèle sa propre misère. Je le savais bien : les raccourcis n'existent pas, les symétries ne sont pas valables. Inutile de les chercher entre mon père et Ferrari. Mon père a été tué, Ferrari avait tué. C'est tout. Inutile aussi ce métier de croque-mort qui administre un peu de vie aux moribonds et où l'on écoute leurs dernières pensées effilochées. Je me suis regardée dans une vitrine et me suis passé une main dans les cheveux : et si ça me tombait dessus ? Demain, sans s'annoncer, la maladie se déclare, arrivent en vitesse les résultats des prises de sang, l'altération du taux des transaminases, des leucocytes, ce dictionnaire impoli qui vous prédit l'abîme, puis les radiographies, la tumeur qui se révèle à contre-jour, une ombre claire sur la pellicule, vous voyez cette tache, mademoiselle, les lèvres serrées des médecins, vous voyez cette petite tache, avec leurs verbes circonstanciés, ce point noir au fond, celui-là : vous voyez ? Ils enverront Gisella chez moi. Allez, Teresa, parlons de ton passé, qui tu étais, ce que tu as fait, raconte-moi d'où tu viens...

Je revins sur mon image floue. Quand je veux savoir comment je suis faite, voir si j'ai changé, je dois trouver une vitrine de magasin. Je ne garde plus mes photos. On en a fait beaucoup de moi, quand j'étais petite. Mon père était convaincu d'être bon photographe, il s'était acheté une de ces machines pleines de boutons. Bouge pas, il me disait, souris ! Je souriais, et il appuyait. Il était content. Il ne savait pas que les enfants sont toujours réussis sur les photos, surtout quand ils prennent la pose, ils penchent un peu la tête et sourient. Après, j'ai grandi et j'ai appris à tenir la tête droite, à regarder dans l'objectif avec une ombre de fierté, comme si je devais transmettre mes meilleures pensées au moment du déclic.

Quand il s'en était allé, il m'avait semblé que c'était un peu lâche de me retrouver avec mes photos entre les mains. Qu'est-ce que je pouvais me dire : regarde comme tu étais heureuse ? Du coup, tout me paraissait faux : l'appareil photo, les sourires, mon père qui se prenait pour Cartier-Bresson… J'ai habité pendant quelques années la vie d'une autre, comme une étrangère. Les photos ont fini au fond d'un tiroir et, depuis lors, je ne me suis pas autorisée à prendre plus de quatre instantanés identiques pour le passeport. Ça me suffisait. J'étais ce que j'étais. Et quand ce moment s'en allait, je ne le poursuivais pas.

Mais alors, qu'est-ce que je retournais faire en Sicile ? Ce que j'allais y retrouver était tout au passé, conservé comme certaines miniatures du XIVe siècle, ma mère avec son visage de madone ancienne, mes amis avec leurs visages de petits Jésus tout ronds, éteints, insipides.

Qu'est-ce que je retournais faire là-bas ?

6

Dans le train. Une place assise. En seconde classe. Le voyage me servait à mesurer la distance que j'avais mise entre ma vie et cette île, à compter chaque mètre d'avantage gagné et que je n'allais pas lâcher. Et puis, je ne supportais pas les couchettes. Rencontrer trois inconnus sur le quai de la gare et faire semblant d'être une petite famille heureuse jusqu'au lendemain matin : les veilleuses semblables à celles des arbres de Noël, les draps en gaze de coton comme dans les départements des grands brûlés, ça vous dérange si je lis, si je mange, si je ronfle. Je préférais voyager assise, les yeux fixés dehors à travers la fenêtre, la campagne qui défile comme un film qui s'enroule sur lui-même, ce pays si long, si uniforme, l'odeur du fer et de la pluie qui reste collée à chaque gare, les visages des autres voyageurs qui regardent dans le vide et puis qui se laissent rapidement contaminer par le sommeil. J'aimais bien monter sur le ferry, même si ce n'était pas encore l'aube, et faire semblant de savoir quelles lumières étaient les miennes et quelles lumières appartenaient au continent. Mon existence était coupée en deux par un ruban d'eau, un avant et un après, sans saisons intermédiaires, rien qu'un bras de mer sombre. C'était une habitude, de toute façon, ces deux côtes et ces filaments de lumière, de part et d'autre du ferry, me posaient la même question : où vas-tu, Teresa ?

Neuf heures trente-deux minutes après le départ, l'Express se faufila entre les genêts et la *sciara*, les terrains vagues. À la gare, c'était toujours une libération : descendre du train et vite prendre le large, là où la ville finit en un golfe qui apparaît au fond de la route, comme dans les aquarelles avec ses voiles, ses écumes, cette odeur de rouille : des trucs de peintre.

De peintre, tu parles... C'était seulement un truc, une illusion d'optique. J'aimais faire semblant que ma ville était bordée par une mer briquée de neuf et qu'une route rectiligne s'enfonçait dans les rochers. Mais ça ne durait pas longtemps. Au premier tournant, je commençais à reconnaître toutes les autres villes qui m'attendaient, l'une dans l'autre, chacune avec la prétention d'être l'unique. La ville du béton, les banlieues de terrains vagues et de misères, les couleurs moisies des HLM, les allées rectilignes d'immeubles, là où, auparavant, il y avait des palmiers et des petites villas, puis les obsessions baroques du centre historique, les boucheries chevalines de la rue Plebiscito, le brasero placé sur le trottoir pour faire cuire la viande de cheval, et au fur et à mesure que je poursuivais, que j'avançais, le ciel s'abaissait et les rues parcourues par un trafic nerveux et féroce rétrécissaient.

Déjà dans l'enfance, je m'amusais à observer les grues municipales qui s'acharnaient contre le granit sur lequel la ville est construite : on aura le métro, disaient les maires, une voie ferrée souterraine, courte et inutile, qui allait relier deux places distantes de quelques kilomètres. Mais ce n'était qu'un détail, "Métro" est un mot, *ruffiano*, enjôleur, ça faisait bien d'en parler dans une ville où les apparences enveloppent toujours la réalité. Au bout de quinze ans, ils avaient inauguré trois arrêts : des voies de deux kilomètres, cent milliards de dettes publiques, le conseil municipal au complet, une atmosphère à la Macondo qui découvre le feu et la glace. Les citoyens avaient applaudi frénétiquement comme si, à partir de ce jour-là, leur existence allait vraiment changer du tout au tout, puis ils avaient recommencé à rouler au pas dans leur petite voiture et à stationner en troisième file. Après un mois, plus personne n'utilisait le métro. Les wagons circulaient à vide, les quais étaient déserts, les néons du plafond précipitaient sur les carrelages polis une lumière de morgue.

Moi non plus, je n'étais jamais descendue là-dedans. Je préférais marcher. Quand j'allais en cours, à l'université, tous les matins, je m'inventais un nouveau parcours, long et compliqué, sans perdre la trace de l'unique avenue qui traverse la ville. Elle était belle, cette rangée de platanes maigres, élagués deux fois par an à coups de hache, impuissants à faire de l'ombre. Ils servaient comme supports de petites affiches de cirques et de magiciens. Mais ils étaient là. Et j'aimais l'insolence des chétives plates-bandes qui essayaient de me faire oublier tous ces immeubles identiques, érigés avant ma naissance, les grandes portes d'entrée en aluminium doré et les concierges toujours énervés, enfermés dans leur loge, entre les parfums de sauce tomate et une pénombre humide, même en août. Mon concierge exhibait trois centimètres d'ongle dur et jaunâtre sur son petit doigt. Mon père disait que c'était un signe d'orgueil, une façon à lui de montrer qu'il n'était pas de la chair à chantier, un manuel ou un cordonnier, ou pire encore, parce que autrement l'ongle se serait cassé. Ma mère le reprenait : Cet ongle, il se nettoie les oreilles avec, voilà ce qu'il en fait.

J'ai été heureuse durant ces années. Jusqu'à la mort de mon père. Puis, j'avais commencé à vivre dans la hâte, négligente, je ne prenais plus soin de certains détails qui, avant, avaient rempli mes journées. Je me déplaçais toujours à pied, mais je ne prenais plus l'avenue. Mon père n'était plus là et l'idée que tout était encore resté à sa place, les concierges mécontents, les immeubles, les haies dans leur terre fine comme du sable, me rendait folle. Nos vies étaient désormais des lignes brisées, mais ces platanes à moitié desséchés étaient toujours là, bossus et dépareillés…

– Teresa, ma Teresa à sa petite maman.
– Salut, maman.
– Elle est où, ta valise ?
J'ai haussé une épaule pour lui montrer le sac à dos.
– Ici.
Ma mère, déjà déçue, baissa le regard.
– Tu n'as rien pris avec toi.
– Je ne reste que deux jours, maman.

C'était encore une belle femme. Malgré son habitude de se plaindre. Mince, la peau d'une pâleur de poudre à maquillage, des lèvres rouges de jeune fille, les sourcils dessinés avec deux traits de crayon foncé. Elle avait soixante-deux ans, mais on ne percevait pas la fatigue. Elle portait des tailleurs atemporels, étroits et pudiques comme des jupons. L'unique bizarrerie résidait dans les cheveux, elle avait choisi une autre couleur que celle de mon enfance. Maintenant, ils étaient d'un blond délavé, presque platine, vaporeux et ondulés, ils semblaient sortis d'un programme d'esthéticienne. De loin, c'était une femme joyeuse, lumineuse, inaccessible ; de près, c'était ma mère, tout simplement. Une veuve attirante et maladroite, incapable de vieillir et de sourire, tout comme elle n'avait jamais été capable de me faire une caresse sans être pressée. Je me souvenais plutôt de la main de rapace qui scrutait mon front pour y trouver un début de transpiration afin de m'interdire la cour, le balcon, la fenêtre, la course. Elle avait une idée punitive de la santé. Ne jamais boire après un effort, ne jamais aller dans la mer moins de quatre heures après une salade, et jamais une gourmandise à table qui ne soit pas noyée dans le pain et les remords. Et s'il fallait vraiment concéder, que sais-je, un Coca-Cola en été par exemple, je ne pouvais le boire qu'à petites gorgées, rapides, tièdes, en pénitence.

Un jour, j'étais revenue de la cour escortée par une amie parce que je devais montrer le pépin survenu pendant une partie de ballon prisonnier: une dent brisée par cette foutue petite balle en cuir grumeleux qui m'avait frappée en plein sur la bouche. J'avais pleuré, avec mes amies j'avais cherché par terre le bout de dent, convaincue de pouvoir le recoller. Puis j'en avais eu marre et j'avais recommencé à jouer. Quand j'étais revenue à la maison, j'avais obligé mon amie à monter avec moi. Si tu es là, ma mère ne criera pas, lui avais-je dit. Je me trompais: ma mère avait crié. Contre le ciel, contre moi, contre mon amie. J'étais restée dans un coin, mortifiée, incapable de réagir pendant qu'elle s'arrachait les cheveux et se mordait la lèvre, jusqu'à ce que mon amie se lasse et rentre chez elle. Moi, je m'étais très vite habituée à ce petit point noir qui apparaissait au milieu de ma bouche. Une tache étrange à chaque sourire. Allez savoir pourquoi, je m'étais convaincue que ça plaisait aux garçons.

J'effleurai de mes lèvres la joue de ma mère et, en retour, elle essaya de m'embrasser sur la bouche. Je me demandai ce que je faisais là, déjà perdue et gagnée par le regret, dans le vacarme des familles qui s'étreignaient au bord de la voie comme sur les cartes postales.

– On prend un taxi? demandai-je.

Elle ne répondit pas. Poussa un solide soupir, puis regarda un point au fond du hall de la gare.

– Devine qui m'a accompagnée?

– Maman, s'il te plaît…

– Tino! hurla-t-elle.

De nulle part, Tino se mit en mouvement et se dirigea vers nous. Grand, boiteux, myope, en sueur, heureux.

– Salut, Teresa!

– Salut. – Je m'efforçai de sourire. – Fallait pas te déranger.

– Non, on ne l'a pas du tout dérangé, pas vrai, Tino?

– Maman, laisse-le répondre, s'il te plaît.

– Vous ne m'avez pas du tout dérangé ! répéta Tino. Il avait presque trente ans et le même visage piqué par l'acné qu'au temps du lycée.

– Je porte ton sac à dos ?

Et il me le prit avec une rapidité grossière.

Pauvre Tino. Fidèle dans les siècles des siècles. On se rencontrait deux-trois fois par an, toujours en présence de ma mère, et tout se terminait en un placide échange de politesses et de regards embarrassés. Sauf une fois :

– Maman… Tino me tripote, lui avais-je confessé.

– Quand ? Où ? Mais qu'est-ce que tu racontes ?

– Dès que tu as le dos tourné. Il a les mains baladeuses et il met ses mains sous ma jupe…

Ma mère avait ouvert la bouche sans prononcer un mot, avec les mêmes yeux stupides qu'un poisson vous scrutant de son aquarium. Cette fois-là aussi, Tino venait de me déposer à la maison, muet et poli comme d'habitude.

– Ce n'est pas possible… avait-elle fini par murmurer.

Puis, elle était devenue toute pâle, sa lèvre avait commencé à trembler. Moi, j'avais pris peur.

– Allez, maman ! C'était une blague !

Mais elle ne m'écoutait plus. Elle s'était laissée tomber sur la chaise, bras abandonnés, les paumes des mains tournées vers le haut. On aurait dit un bonze qui prie juste avant de s'immoler. Je lui avais secoué l'épaule.

– Hé, oh ! Je blaguais !

Elle m'avait adressé un regard d'agonisante.

– Il t'a touchée ?

– Non.

– Sous la jupe ?

– Nooon !

– T'es sûre ?

Elle était comme ça. Elle était presque déçue de se débarrasser de cette nouvelle souffrance. Mais, au moins, elle ne m'avait plus parlé de Tino pendant un petit moment. Un petit moment seulement.

– Laissez-moi à la maison, comme ça vous allez manger une pizza entre jeunes, proposa ma mère.
– Il est quatre heures de l'après-midi, maman...
– Alors un *arancino**, un *sfincione***, je sais pas moi, une granita au café...
– Moi, je mangerais bien un *cartocciata****, fit Tino. Terè, t'aimes les *cartocciate* ?

Depuis que j'étais partie vivre à Rome, il m'appelait Terè. Il s'était mis en tête que c'était plus informel, comme ça : Terè. Plus intime. Comme un charretier avec sa jument.

– Désolée, Tino, je n'ai pas faim.

Nous avons traversé la ville en silence, vitre baissée sur la réverbération de la mer qui apparaissait parfois au fond de la route. Je cherchais l'odeur, pas la mer. L'air tiède et salé que je retrouvais dès que je mettais les pieds dans la ville. C'était une rencontre brève, le souvenir de ces grandes marées d'octobre qui arrivaient soudain et emportaient tout, cabines, canots, plongeoirs. Un souvenir limpide de ces dimanches d'automne, quand la tramontane nettoie l'air et que vous aviez l'impression de pouvoir toucher la mer, là où elle fléchit le long de la ligne d'horizon. Les jours de vent âpre, les éclaboussures des vagues remontaient jusqu'à la rue en une pluie épicée, la brume de sel me semblait surréelle, un autre tour de magie de mon père, encore une intimité qu'il partageait avec cette mer. Pour les gens de la ville, la

---

* Boule de riz au safran, panée et frite, farcie de *ragù*, fromage, petits pois.
** Sorte de pizza, plus épaisse et spongieuse, garnie de sauce tomate, anchois, oignon, origan.
*** Chausson salé à la ricotta.

première marée forte n'était qu'une sorte de péage : ils ne faisaient rien pour l'éviter, ils ne démontaient jamais à temps le matériel de plage et ne mettaient jamais à sec les bateaux. La mer déchaînée célébrait l'automne et il fallait la subir, résignés et complaisants. C'était la même chose après chaque éruption quand la lave du volcan emportait le pan d'une montagne avec tout ce que les hommes y avaient fabriqué. Le défi consistait à tout reconstruire exactement au même endroit, rues, téléphérique, les petites villas en plâtre et en aluminium, comme s'il ne s'était rien passé, comme si rien n'allait plus jamais se passer. Ce n'était pas de l'indolence, ni même du fatalisme. C'était l'idée que chaque chose devait être à sa place, mer et montagne, lave et tempête, une carte postale qui ne devrait jamais changer.

Mais moi, je n'étais pas attachée aux habitudes. Même maintenant, quand je cherchais l'odeur de la mer, visage penché à la fenêtre, et que j'entendais ma mère se plaindre de ses bronchites. Jusqu'à ce je ne sente plus aucune odeur : la mer disparaissait, s'estompait, laissait une sensation opprimante d'air mouillé, lourd à respirer. J'ai rentré la tête à l'intérieur de la voiture et j'ai remonté la vitre. Bon retour parmi nous, Teresa.

Et lui, Tino, qu'avait-il dans la tête ? Derrière cette passion obstinée, son air soumis et cette veste noire qu'il avait fait faire sur mesure quand il était à la Luiss School parce que le père, plein aux as, voulait un fils ayant fait de bonnes études. Qu'est-ce que Tino avait à voir avec lui, un type qui exerçait la profession d'avocat, mais ne défendait que des chefs mafieux auxquels on avait collé dix condamnations à perpétuité par tête de pipe, du genre qu'on ne voit qu'en vidéoconférence avec leur air ennuyé et leur grimace de pitié chaque fois que le ministère public prend la parole. Le père de Tino ne devait pas les faire acquitter, parce que ceux-là, même le Seigneur tout-puissant ne les acquitterait pas. Il avait un autre devoir, celui de leur offrir une assistance spirituelle digne de leur rang: un cabinet d'avocats à trois cents euros de l'heure, dix stagiaires habillés en croquemorts, les mises en scène en cour d'assises quand il fallait faire du bruit contre le repenti de service, les citations de la doctrine judiciaire en brandissant le Code. Ça faisait beaucoup en apparence, mais ce n'était pas grand-chose. Un métier comme un autre, voilà tout.

Tino était son héritier désigné et forcé. Pourtant il était différent. Il s'habillait comme son père, lui portait sa serviette aux audiences, prenait des notes lorsqu'il haranguait le jury, mais au fond de lui Tino aurait aimé faire autre chose. Que sais-je: défendre les ouvriers licenciés parce qu'ils s'étaient affiliés au mauvais syndicat, ou alors arriver un matin dans la salle d'audience et dire à son père: "Aujourd'hui, demande à un de tes larbins de te porter ta serviette." Parce que lui, dans ce procès, il avait décidé d'accorder une aide juridique gratuite à la partie civile, et il lui aurait parlé précisément comme ça, papa, aujourd'hui, je suis avec les autres. Et il s'imaginait déjà le visage livide de son père qui l'aurait mortifié, d'abord avec un regard méprisant, puis avec des paroles lentes et graves: Mais de quoi parles-tu mon fils, la partie civile, la société civile, tu veux dire que je suis avec les incivils? Tu as commencé à jouer au communiste, toi aussi? Tu as raison, papa, je ne suis pas communiste, je ne défendrai pas les parties civiles, nous sommes en retard, donne-moi ta serviette...

Je m'imaginai à la maison avec Tino, mari et femme dans la courte éternité d'un dimanche après-midi, au milieu des plaintes des enfants, la télévision allumée, le crépuscule qui éteint le ciel, l'air flétri du lundi matin qui déjà fraie son chemin: aurait-il le même sourire, mon mari Tino? Garderait-il ce sourire chétif, fidèle, irritant, qu'il se collait sur les lèvres dès qu'il me voyait: Terè, tu veux un *arancino*? On regarde *Canzonissima*?

C'est toi qui vas torcher le cul du petit qui s'est chié dessus ? Un jour ou l'autre, je le lui demanderai : Tino, épouse-moi ! Rien que pour voir la tête qu'il fera.

Mon père m'avait appris à nager quand j'avais cinq ans. Il m'avait placée entre deux pointes de rochers qui émergeaient, les petites vagues vicieuses et l'écume qui ressemblait à de la crème fouettée mais qui n'était que du sel qui grattait la gorge. Il m'avait laissée là, dans l'eau, et s'était dirigé vers le rivage. Moi, j'avais cru que c'était une blague, puis un abandon, une duperie que mes parents avaient organisée pour se débarrasser de moi. Mais mon père était encore là, à trois brasses de moi, il me scrutait d'un air concentré, mais sans inquiétude. On avait l'impression qu'il était en train de mesurer quelque chose. J'avais essayé de pleurer, mais c'était trop compliqué, je finissais par tout avaler, les larmes, l'écume, le bruit de l'eau. J'avais même essayé de sourire, comme pour lui faire comprendre que j'avais saisi que tout ceci n'était qu'une blague, que je le savais et que je n'étais pas vexée, mais maintenant qu'il vienne me prendre, qu'il allonge un bras pour me ramener à terre… Pensées fugaces, étonnées. Inutiles. À la fin, j'avais essayé de nager, maladroitement, en agitant les bras devant moi comme je l'avais vu faire, convaincue que cela n'allait servir à rien, que la mer allait me tirer vers le bas, et tant pis pour moi, tant pis pour papa, tant pis pour maman qui n'était jamais là, tant pis pour tout le monde, mais j'avais avancé, imperceptiblement, comme un pantin désarticulé, vexé, j'avais nagé, une brasse disgracieuse à la fois, en retenant mon souffle, en retenant tout. Il m'avait accueillie sur le rivage avec des yeux sérieux que je ne lui connaissais pas.

Il fut un temps où j'aimais bien ma ville. C'était un temps simple, scandé par l'école, les fêtes, les règles de vie. Il y avait cette grande famille, très grande, avec des liens de parenté enchevêtrés et emmêlés, un souffle animal qui m'enveloppait toutes les fois où arrivaient Noël, Pâques, les jours de baptême ou les jours de deuil. Je m'efforçais d'apprendre par cœur les noms de ces parents éloignés, mais c'était difficile parce qu'ils finissaient par se ressembler, avec leurs accents toniques sur l'antépénultième syllabe, leurs consonnes agglutinées, ces apostrophes inventées, n'tino, n'zino, et en conclusion je les oubliais tout de suite. Ne me restaient que des visages différents, biaisés. Pour chacun, le moule avait été jeté après usage. Ces femmes, à peine la trentaine passée, immergées dans le deuil jusqu'aux chevilles par la mort de quelqu'un quelque part qui leur était tombée dessus. Et les hommes aux visages de cuir, avec leur haleine de tabac froid quand ils se baissaient pour m'embrasser, avec leurs mains lourdes qui m'ébouriffaient les cheveux, me chiffonnaient, effleuraient ma poitrine, mate-moi ça comme elle a grandi, la pitchounette... Mate-moi ça, ils disaient: mais ce n'était pas un "regarde" ou un "t'as vu". C'était plus que cela: *talià,* mate, étonnement, stupeur, une façon de mesurer les choses sans jamais faire quelque chose. Ma ville entière était là-dedans, dans ce décor de carton-pâte, ces représentations familiales, les saisons oppressantes, les nuits de Noël passées à chercher le numéro de tombola à dix lires le carton. Un temps tellement parfait qu'il semblait destiné à rester immobile.

Au contraire, il bougea, ce temps-là. Il s'étendit, se consuma, les saisons raccourcirent, se remplirent de nouvelles pensées et il n'y avait plus de communions, de fêtes de Noël qui pouvaient répéter cette magie. Ce n'était pas à cause de la famille. C'était moi qui grandissais et qui commençais à regarder la vie autour de moi, pendant que mes robes me serraient et que tout ce noir m'étouffait, je commençais à avoir un peu de poitrine et alors je me mettais devant le miroir avec les colliers de ma mère autour du cou, ses bagues de pacotille aux doigts, je suis devenue grande, je disais, moi aussi je suis devenue une femme...

La ville grandissait aussi. Elle se dilatait, faisait du bruit. Il suffisait d'allumer la télévision sur la chaîne locale : combien d'hommes importants, combien de grands professeurs, de rédacteurs en chef, de chevaliers du travail qui débarquaient dans le salon de la télévision, qui croisaient les jambes en fixant les caméras, et je pensais qu'ils avaient tout compris, même mes pensées, mon avenir, ce que je ferais quand je serais grande : il me semblait que tout était suspendu à chacune de leurs paroles, à un sourcil qui se haussait, à la façon dont ils entortillaient le bout de leur moustache. Ensuite, vous les écoutiez et découvriez qu'à l'intérieur de ces mots, il y en avait d'autres, mais cachés, tenus en laisse. Mon père restait là, à les écouter pendant un moment, et son visage devenait gris de colère, gris cendre, comme quand on a mal au ventre. Quel gros connard, disait-il à la fin. Ou alors : Quel très gros fils de pute. C'était sa manière à lui de prendre congé de cette colère. Puis il changeait de chaîne.

Tout le monde grandissait, même les gosses commençaient à exercer la profession de bandit, pire, ils étaient devenus des *killers*, avec un *s* final comme ils écrivaient dans le journal local, des enfants de mon âge, quinze, seize ans, et je me disais, regarde Teresa, regarde les trucs qu'ils arrivent à inventer dans cette ville pour tuer les gens, à un gars, ils lui avaient détaché la tête du corps et ils l'avaient emmenée à la campagne, un autre, ils l'avaient poursuivi jusqu'aux urgences pour finir le travail bien comme il faut. Moi, je grandissais et j'observais la ville qui entre-temps devenait folle comme aux fêtes de carnaval, mieux, comme pendant la nuit de Sant'Agata. Tous dévots, tous avec leurs calots noirs et leurs chemises blanches longues jusqu'aux pieds, à trimbaler ces *candelore** sur la montée San Giuliano, en chantant les louanges à la vierge et martyre dont le sultan avait arraché les seins, tous fraîchement confessés, les épaules à vif sous les brancards en bois du reposoir, et leurs pieds comme des crochets de chair vivante sur les pavés de lave, jusqu'à l'aube, jusqu'en haut de la montée, dans la liesse des détonations des feux d'artifice, c'était autre chose que la tombola de Noël, autre chose que les petits tricots de deuil de mes tantes.

La ville était consumée par une force maligne, un feu intérieur qui avait transformé tous les hommes en chevaliers, en excellences, en commandeurs, en maires adjoints, en pères de famille, en fils de leurs pères : tous avides et dévoués de la même façon. Mais cette allégresse n'était qu'une caricature. Au moindre faux pas que vous faisiez, la ville appliquait ses propres règles, très sévères, sans appel. Un jour, il y eut un vol à l'arraché sur la personne qu'il ne fallait pas. Trois gamins à califourchon sur une mobylette, leurs petites jambes n'arrivant même pas jusqu'au sol. Le plus petit descend et se met à marcher derrière la femme, elle le voit, s'attendrit devant ses épaules chétives et son tee-shirt de l'Inter, "… tu t'appelles comment, toi ?" lui demande-t-elle, "t'as quel âge ?". Le gamin sourit, ne répond pas, il attend que ses amis arrivent avec la mobylette. Celui qui est assis à l'arrière a de longs bras et des doigts secs comme des pinces à linge en bois : il se jette en avant pour saisir l'anse du sac à main, un tour de prestidigitation, une secousse, et ils sont de retour tous trois sur la Vespa, les bras battent l'air, vite, *amuninni*, on y va, allez ! Allez ! Putain, les gars, trois cent mille lires ! Elle en avait de la tune, la vieille !

* Structures verticales, sortes d'autel en bois sculpté, de couleur dorée, des bougies ou des lampes y sont placées sur les côtés. Elles sont portées sur les épaules et peuvent peser entre 500 et 900 kilos.

La vieille. Qui allait leur dire que cette dame, c'était la mère de Nitto ? Le boss, le patron de la moitié de la ville. Celui qui avait déjà buté cent types entre Palerme et Catane. Et il avait fallu que ces trois couillons aillent justement voler le sac à main de sa mère. Le soir d'après, ils avaient déjà gaspillé la moitié du butin en jouant au flipper. Un vieux qu'ils connaissaient vint les chercher. Il les emmena chez lui, il dit à sa femme de réchauffer le reste des pâtes du déjeuner, puis il donna cinquante mille lires au plus petit et l'envoya acheter un plateau de *cannoli* à la ricotta : Mangez, parce que, après, on va parler boulot...

À minuit, Nitto arriva avec ses hommes. Ils embarquèrent le plus petit dans la voiture et prirent la route de la mer. Sur la plage, ils enlevèrent leurs chaussures, remontèrent leurs pantalons, l'enfant les imitait, comme un chien errant, sans poser de questions, sans rien dire. Ils marchèrent un peu sur le sable, puis quelqu'un posa le pistolet derrière sa nuque et appuya sur la détente. Trois allers-retours, trois balles, une par tête. Le lendemain matin, on trouva les corps. Des roses de sang sous les crânes fendus avec les visages endormis de ceux qui ne savaient pas. Et la mer calme. Des vols à l'arraché, dans ce quartier, on n'en avait plus commis.

La ville avalait tout. Elle se réveillait, comptait les tués, ramassait leurs chairs et retrouvait très vite l'envie de penser à autre chose, aux granités à la pistache de Bronte, à certaines femmes plantureuses de la rue Etnea, aux serveurs avec leurs petites cravates tordues qui vous remplissaient les *cannoli* de ricotta fraîche comme s'ils peignaient la chapelle Sixtine. À la fin, même les chroniques de guerre étaient devenues des anecdotes, des aventures épiques. Et moi, je suis partie. J'avais tout rangé au fond d'un tiroir : même feu mon père, même ses funérailles. Et je suis partie. Je me disais que j'en avais assez. Mais les choses continuèrent.

Gisella m'appela deux jours après. Le professeur de mathématiques, celui avec le cancer aux poumons, était mort. Il y avait son enterrement, ça lui aurait fait plaisir que je sois là aussi.

– Qu'est-ce que t'en sais, toi ?

– Il a laissé un petit mot sur la table de nuit. Qu'est-ce que tu fais ? Tu remontes ?

7

Le matin suivant, je me levai tôt. Le soleil s'était perdu, réduit en une lumière molle derrière les nuages. L'automne s'était abattu sur la ville, rapide, obstiné, avec une tramontane qui secouait les vitres des fenêtres, qui habillait tout lentement d'un gris terne qui me rappelait les jours où j'avais version grecque à l'école.

– Je pars aujourd'hui. Je retourne à Rome, dis-je à ma mère.

On prenait le petit-déjeuner pour de faux, on mordillait les coins d'une galette en réchauffant nos lèvres dans un café délavé. Ma mère ne leva même pas les yeux de la tasse.

– Un enterrement, continuai-je.

– D'un ami ?

– D'un vieux. Il était prof.

– Un de ces malades ?

Elle me fixait, maintenant.

Elle n'utilisait jamais le mot "cancer". Ni même celui, moins brutal, de "tumeur". Ma mère n'utilisait pas les mots justes, les mots directs : jamais. C'était comme si elle voulait toujours garder une issue de secours.

– Oui, un de ceux-là.

Elle commença à nettoyer minutieusement la table de la cuisine, à en enlever chaque miette. J'enviais l'adresse avec laquelle elle utilisait ce vieux chiffon, la persévérance avec laquelle elle poursuivait depuis des années les coulées au bord des tasses, les miettes d'un biscuit mordu, les auréoles d'humidité au fond des verres. Le polissage impeccable de la table faisait partie d'un ordre immuable qui ne tolérait aucune objection. Et, au centre de cet ordre, il y avait la maison, gardée, surveillée, soustraite aux souffles, aux empreintes, bref, à toute trace de vie.

J'avais seulement six, sept ans quand nous étions venus habiter le nouvel appartement, dans un immeuble des années 70, construit au fond de l'unique avenue de la ville, à deux pas de la mer et du chemin de fer. Mes parents étaient heureux, il y avait toujours une sorte d'électricité dans leurs gestes, la saveur d'une vie nouvelle qui se dévoilait. Moi, non. J'aimais l'ancien logement, la terrasse qui donnait sur une rue pleine de voix et de charretiers, le marbre usé du dallage, les lignes minuscules du papier peint et l'ombre de mon père qui l'avait élimé à l'endroit où il s'appuyait quand il était au téléphone. Un jour, ils me dirent qu'on s'en allait, que c'était la dernière nuit dans la vieille maison : j'en fis le tour en silence, j'entrai dans chaque chambre et j'embrassai les murs comme un vieux qui se retire pour aller mourir loin de son île et qui veut y laisser le goût de ses lèvres.

Mes premiers jours dans le nouvel appartement avaient été imprégnés d'une odeur de plastique et de cire. Je me sentais comme un voyageur qui essaye de s'orienter dans les veines d'un vaisseau, qui regarde là où il met les pieds, silencieux, attentif à ne jamais pénétrer en première classe. Ma mère me gardait enfermée dans la cuisine ; dès qu'elle entendait le crissement d'une chaise, elle me lançait un coup d'œil préoccupé: Tu vas où ? Et où pouvais-je aller ? Dans la salle de bains, si je m'en tirais bien. Dans la chambre à coucher, je ne pouvais entrer que pour dormir ; en journée, jamais. Interdit, exclu. J'avais une grande chambre, chaleureuse, avec une terrasse qui donnait sur la mer et la montagne. Ils avaient placé mon lit bien au centre de la pièce comme on faisait dans les maisons de village avec les catafalques des morts. Ce lit fendait la chambre en deux, une table de nuit d'un côté et une armoire de l'autre, en face une vaste terrasse, inondée de soleil, avec une vue à vous priver de sommeil : mais elle était interdite d'accès. Ça fait entrer de la terre, disait ma mère. Du sable noir, de la cendre, de la poussière de lave venait de la montagne et, si vous sortiez, elle se collait aux semelles, et adieu les carrelages cirés. Pour rendre l'interdiction plus concrète, ils avaient enfoncé sur le pourtour du chambranle de la porte-fenêtre de minces feuilles de papier journal. Le sable restait dehors, et moi dedans. Et la terrasse vide, au-delà des vitres.

L'appartement était un lieu d'obligations et de prescriptions. Moi, je les acceptais, obéissante et hébétée comme tous les enfants qui croient aveuglément aux interdictions des adultes. Ma mère m'y suivait avec en main un chiffon qu'elle se dépêchait de passer sur les poignées dès que j'ouvrais une porte, parce que j'embuais le laiton avec la chaleur de mes doigts. Désormais, ce grand appartement vide tombait sur elle comme un vêtement trop large. Comme si la vie de ma mère s'était recroquevillée, s'était réduite à quelques chambres, quelques gestes, quelques habitudes. Même ses paroles étaient ramenées à l'essentiel ; c'était surtout celles qui restaient en équilibre, qui ne débordaient jamais. De temps en temps, il me venait une pensée ridicule : de quoi aurais-je parlé avec elle si je devais l'avoir comme patiente ? Tu sais, maman, tu commences à t'en aller toi aussi, on m'a envoyée ici pour te tenir compagnie, raconte-moi quand tu étais jeune fille, raconte-moi papa, explique-moi pourquoi tu n'as jamais ri, jamais dit une parole impertinente et joyeuse, et raconte-moi ce que ça fait de mourir comme ça, sans même un regret, sans le souvenir du moindre gaspillage, raconte-moi ce que sont devenues nos vies maintenant que tes pensées sont perdues au fond d'une tasse de café et que ta fille est de nouveau sur le point de partir et que nous n'arriverons même pas à nous dire correctement au revoir, que nous ne réussirons même pas à nous regarder dans les yeux, raconte-moi un truc, n'importe quel truc qui ne soit pas des miettes à ramasser, du laiton à briquer, des morts à ressusciter, allez, maman, s'il te plaît…

Heureusement, ma mère était en bonne santé. Malheureuse, mais en bonne santé.

– Tu pars à quelle heure ?

– Ce soir.

– Alors je te prépare à manger.

Elle ne cuisinait que pour moi, les rares fois où je revenais à la maison. Et elle me le rappelait à chaque plat, l'assiette fumante de friture encore entre les mains : des anchois bien chauds, je les ai faits pour toi, sinon pour qui je cuisinerais ? Provoquer chez l'autre un sentiment de culpabilité, par chez moi, c'est un vrai travail qui requiert de la constance, de l'application, des mots qui insinuent sans jamais annoncer, une affliction qui doit transpirer de chaque détail physique : les cheveux ébouriffés, le pas traînant, les très longs soupirs. Cuisine pour toi ! aurais-je voulu lui crier. Prépare-toi un plat de lasagnes, des paupiettes d'espadon ; fais-toi une dorade à l'*acqua pazza*, un lapin chasseur avec des olives noires et des oignons sauvages, un collier de saucisses de ton village au vin rouge, fenouil et piment ; cuisine ça pour toi, ou un de ces trucs que tu nous as préparés mille dimanches d'affilée, ces pommes de terre qui grillaient dans le four toujours allumé, mon père qui essayait de deviner et elle qui refermait les couvercles sous son nez, surprise, recettes secrètes, et une fois à table, mains lavées, télévision éteinte, serviette autour du cou ; et voilà, le couvercle se soulève…

Elle avait fait des boulettes. Avec beaucoup d'ail, des œufs, du poivre noir et de la menthe.

– Tu prends un peu de vin ?

Une gorgée pour elle, un verre bien plein pour moi. Puis, vu que mon père n'était plus là, on a même regardé la télévision. Sur la chaîne locale, on diffusait en direct les images d'un restaurant en bord de mer, un de ceux qui sont construits sans permis de bâtir, mais avec les bons amis, bien placés. L'établissement donnait sur les bateaux, sur un tas de passerelles en bois et des poteaux plantés directement dans l'eau. J'indiquai l'écran avec ma fourchette.

– Qu'est-ce qu'ils font ?

– Ils remettent un prix, dit ma mère.

– Mais un prix de quoi ?

– Un prix. C'est dans le journal.

C'était dans le journal : elle n'allait rien dire de plus.

Le présentateur s'agitait avec le micro, soucieux de faire bonne figure auprès des gens qu'il devait interviewer, Votre Excellence par-ci, Monsieur le Professeur par-là. Je me souvenais de ce type. Il faisait du journalisme comme s'il avait vécu à Stockholm : mafia ? Jamais vue ! Corruption ? Dans la moyenne nationale... On disait qu'il se prenait un bon paquet de fric à chaque interview de ses amis avec des questions aux petits oignons :

– Vous, *Esselence*, vous qui êtes procureur, est-ce qu'il ne semble pas que cette année il y a eu moins de vols, moins de braquages de buralistes que l'année passée ? Pourrions-nous dire que cette ville est de plus en plus sûre ? Qu'en pensez-vous ?

Même pas besoin des réponses, tout était déjà dans les questions.

– Et vous, Chevalier, vous êtes en train de construire le port de plaisance, d'aucuns disent qu'il ne sert à rien, alors que, dites-le, vous, que nous sommes en train de donner du travail à mille pères de famille, on n'est pas dans la culture du soupçon, du travail, nous sommes en train de donner du pain et de quoi le garnir, dites-le vous-même, je vous en prie, dites-nous...

En silence, nous finîmes de manger les boulettes, la salade d'oranges à l'oignon, la gelée à la cannelle, et le journaliste était encore là, à la télévision, raide, raide comme s'il avait un balai dans le cul, le regard dévoué, heureux d'avoir un mot enjôleur pour tout le monde. On était arrivées au limoncello ("... prends-en un petit peu, Teresa, que ça fait bien tout digérer...") au moment où ils appelèrent l'invité d'honneur récompensé par une médaille en or "... pour le zèle infatigable démontré en trente ans de précieux travail au service des citoyens".

Le lauréat se leva de la chaise, secoua les miettes du repas accrochées à sa veste, s'inclina à moitié pour saluer ses amis et les chères dames, et s'en alla prendre la médaille. Ce fut ma mère qui le reconnut :

– Bouh ! Même Rosco est là !

Je reposai mon verre de limoncello, hébétée, pendant que le journaliste enrubannait sa petite question.

– ... dites-nous, *dottore*, dites-nous ce que vous ressentez en recevant cette juste reconnaissance pour votre engagement social et politique...

– Qu'est-ce qu'il fout à la télévision, celui-là ? demandai-je.

– ... et que puis-je vous dire, cher ami ? Merci de tout cœur, merci à cette ville magnifique, généreuse...

– Ils l'ont promu adjoint aux Affaires juridiques.

– ... une ville saine, pleine de gens honnêtes, de politiciens transparents...

– Tu galèjes, maman ?

– ... notre engagement sera la réponse à ces éclaboussures fangeuses, à ces calomnies...

– Adjoint et président du service antiracket, précisa ma mère.

– ... le parking couvert, deux cents places de voitures, cinquante boutiques, un bijou d...

J'appuyai fort sur la télécommande pour éteindre la télévision.

– Je sors, dis-je.

– À cette heure-ci ?

– Il est deux heures de l'après-midi.

– Couvre-toi. T'as une écharpe ? Il y a de la tramontane, il risque de neiger.

– Maman, ça fait trente ans qu'il neige pas.

– Peut-être qu'il va neiger cette année... Tu as pris tes gants ?

Elle avait raison, l'air s'était fait piquant, avec un vent intense qui vous brossait les vêtements. Je marchais en essayant de découvrir ce qui avait changé depuis la dernière fois. Pas grand-chose, peut-être rien. Le trottoir de la maison s'élargissait très vite sur une enfilade de magasins décorés pour les fêtes, de ficus plantés pour faire ambiance, de marbres graisseux de smog, avec un vigile devant la Caisse d'épargne, après il y avait l'église du Christ Roi avec sa grande porte toujours barricadée, d'autres vitrines, d'autres ficus aux feuilles tordues, et puis la pâtisserie médaille d'or, et encore une autre banque. À un certain moment, je me mis presque à courir, pour faire semblant d'être pressée, pour faire comme si je savais où j'allais. Mais, à l'intérieur, j'étais folle. Ce truc à la télévision, cette cérémonie ridicule, le visage de Rosco qui remerciait tout en mâchouillant des mots, et tous ces gens autour de lui qui baissaient la tête, applaudissaient, satisfaits de ces paroles creuses, du vent, des conneries, du vide.

J'accélérai, fouillai dans mes souvenirs en quête du chemin le plus rapide pour arriver à cet espace ouvert entouré de bâtiments et de trottoirs sur lequel donnait le plus grand concessionnaire de voitures de la ville qui occupait tout le pâté de maisons, avec des vitrines semblables à des gâteaux de mariage, des festons publicitaires colorés qui garantissaient des voitures d'occasion, zéro kilomètre, zéro intérêt...

Le voici, Salvatore Rosco. Se tenant droit, de dos, il admirait ses voitures rutilantes, à peine sorties de l'usine, alignées sous les luminaires du magasin. J'avais reconnu sa silhouette épaisse, le cou engoncé dans le col de sa chemise, la même veste chiffonnée qu'il portait à la télévision. Je regardais, absorbée par la vue de ses épaules de boxeur, de ses mains enfoncées dans les poches. Il discutait avec un client sans s'agiter, peut-être qu'il lui parlait du prix qu'il avait reçu, ou de ce que la voiture était capable de faire avec un petit coup d'accélérateur, avec ses deux carburateurs, le tableau de bord en noyer, la qualité du cuir, touchez, touchez, quel cuir, vous sentez ? Ça peut paraître du gaspillage pour des sièges d'automobile... Eh bien non, il faut être assis confortablement, même dans une voiture, il faut se sentir comme chez soi, on s'assied à l'intérieur et on oublie que ce n'est qu'une voiture, quand on en sort, on doit le regretter un peu, c'est ça, vous serez un peu triste de la mettre au garage...

Rosco se tourna. Consciemment, comme s'il savait que j'étais là. Il me fixa pendant un long moment, avec obstination : tout d'un coup, chacun de ses traits me redevint familier, sa grosse tête ronde, son front luisant, ce pli qui accentuait vers le bas les coins de sa bouche en lui donnant un air ennuyé. Ce même air suffisant qu'il avait eu huit ans auparavant.

Il y avait cette habitude du *pizzo*, du racket, qui était devenu un solide business, la mafia en avait besoin pour se payer des avocats, pour entuber les entreprises honnêtes et maintenir la ville sous son contrôle. Des fois, une petite usine prenait feu, des fois des commerçants se réveillaient avec du mastic dans la serrure de leur rideau de fer, des fois on entendait une détonation. Ensuite, les détonations étaient devenues trop bruyantes, les journaux du Nord avaient commencé à envoyer leurs journalistes et on avait découvert que deux tiers des commerçants rackettés – pas de noms, monsieur, attention – étaient bien contents de payer. Le *pizzo* leur coûtait deux pour cent du chiffre d'affaires, il fallait juste renchérir un peu les prix, s'abstenir de faire quelques tickets de caisse et la perte était réabsorbée. En plus, ils vivaient tranquilles : il n'y avait pas de braquages, personne n'assurait son magasin, et ils faisaient même des économies sur les agents de sécurité. Puis, ils avaient déniché ce pâtissier qui, contrairement aux autres, ne payait pas. Pire, il avait même dénoncé ces *scassapagghiari*, ces voleurs de poules qui étaient venus lui demander l'argent. Si tout le monde faisait comme moi, il avait dit aux journalistes…

C'est alors qu'on les invita à la télévision. Tous les deux : le pâtissier qui ne voulait pas payer et M. Rosco, le président des commerçants. Le pâtissier répéta devant les caméras ce qu'il avait déjà dit : Je ne paie pas, je ne paierai jamais, sinon quel genre d'homme je serais ? Rosco lui dit qu'il était un citoyen courageux, que lui l'admirait et l'enviait : mais qu'il se trompait. C'est l'État qui doit nous défendre, expliqua-t-il en fixant la caméra, nous, on n'a pas besoin de héros. Tant que l'État ne se réveille pas, mieux vaut payer sans trop faire d'histoires, sans parler tout le temps de mafia, et puis qu'est-ce que la mafia a à voir là-dedans, vu que Rome s'en fout de nous et nous laisse seuls…

Le jour suivant, le journal local avait publié une lettre accompagnée de trente signatures : les petits patrons de la ville, dans la restauration, la maçonnerie, la couture, le BTP, les discothèques, les cantines sociales, et aussi quelques coopératives rouges. Le *dottore* Rosco a raison, écrivaient-ils, cette ville est une ville saine et laborieuse qui désire vivre en paix : qui a dit qu'ici tout le monde paye le *pizzo* ? Qui l'a jamais vue, cette mafia ? Rien que des histoires, des calomnies, des médisances…

Le pâtissier, c'était mon père. On l'a tué quatre jours plus tard. Une chose facile facile. Il arrive en bas de la maison, il gare la voiture, éteint le moteur et il est déjà mort. Une seule balle de calibre 7,65 à travers la vitre. On dit qu'ils étaient deux, qu'ils s'étaient enfuis sur une moto, que c'étaient sans doute deux gamins. Celui qui tenait le pistolet avait même une bonne tête, pas de boucles d'oreilles, rien de méchant dans le regard. Il n'avait même pas pris la peine de mettre un casque, de toute façon qui allait le pleurer ce cornard qui n'a pas voulu payer ? Une dame qui passait par là avait dit : Ç'aurait pu être mon fils.

Ce soir-là, j'étais revenue à la maison après une pizza et je me suis retrouvée nez à nez avec eux sur le palier. Des gens bizarres que je ne connaissais pas, un oncle, un autre, peut-être mon cousin, et un ami de mon père. Je commençai à sourire, un peu étonnée de ce défilé, de ces visites dont je n'étais pas informée, je crus à un truc improvisé, une surprise. Je cherchai des yeux ma mère, mais elle n'était pas là. Ils la gardaient enfermée dans la chambre à coucher, pour que je n'entende pas ses hurlements. Je franchis les dernières marches tandis que mon sourire s'évanouissait : ils étaient venus à ma rencontre comme s'ils étaient pressés, ils voulaient me le dire tout de suite, mais les mots s'emmêlaient, ils n'arrivaient pas à sortir ce qui s'était passé. Quelqu'un me tint fermement par les épaules, quelqu'un d'autre me prit les poignets, écoute, Teresa, il s'est passé quelque chose, il est arrivé quelque chose, on doit te dire quelque chose.

Il est mort, pensai-je. Mon père. Un accident. Devant mes yeux, des épaves de voitures que j'avais vues une fois sur la nationale Primosole défilaient, cet enchevêtrement de métaux, ces couleurs qui n'étaient plus des couleurs, ces sombres taches d'essence et de sang sur l'asphalte : ces voitures devenues informes, revenues à leur matière première, et qui m'avaient semblé plus obscènes que le corps des morts. Un drap les couvrait, eux au moins avaient retrouvé un peu de tenue.

Puis, on me dit qu'on lui avait tiré dessus. Pendant un instant, je me sentis soulagée, pas d'épaves, pas de tôles. En revanche, la nuit commença.

La nuit, pas l'obscurité. Une nuit que quelqu'un avait voulue, organisée, exécutée. C'est la stupeur quand on vous tue un père ou un fils, pas pour le mort, mais pour l'assassin. La stupeur que la fin ne soit pas arrivée à cause d'une flaque d'huile sur la route ou d'une conspiration de cellules folles. C'était arrivé parce que quelqu'un avait voulu que ça arrive : signe de l'homme qui se fait Dieu, enlève la vie, impose la mort…

Tout le monde vint aux funérailles, même ceux qui avaient signé la lettre contre mon père. Même Rosco était là. Le journaliste d'une télé locale lui posa quelques questions, il lui répondit d'une voix rauque, en articulant les mots comme s'il éprouvait des difficultés à les rassembler. Il était navré. Affligé. Le pâtissier était un de ses amis, un commerçant estimé, un brave homme : mais il avait peut-être été imprudent, voilà. Et peut-être que le *pizzo* n'avait rien à voir là-dedans. Et même, c'était certain, le *pizzo* n'avait rien à voir là-dedans. Ni même la mafia. A-t-on déjà vu un délit mafieux commis avec un petit pistolet comme celui-là ? Avec une seule balle et un gamin qui prend la fuite…

“Notre ville est saine, pour ce meurtre il faut sans doute enquêter ailleurs.” Ailleurs, où ? avait demandé le journaliste. Ailleurs, avait répondu Rosco. Puis, il fit le signe de la croix et entra dans l'église. Depuis lors, je ne l'avais plus revu.

J'avais froid, je remontai le col de mon manteau. Rosco était parti quelque part au fond de son magasin. Je me mis à regarder les voitures qui poussaient leurs museaux pointus contre la vitrine et l'éclat des couleurs sorties d'usine.

Je ne l'entendis pas arriver.

– Mademoiselle !

Je sursautai. Derrière moi, Rosco souriait et me tendait déjà la main. L'autre était toujours dans sa poche.

– Mademoiselle Teresa !

Il portait un complet, une cravate jaune fluo, pas même un pardessus. Avec ce froid, aurait dit ma mère.

– Comment vous savez qui je suis ? demandai-je.

Il ne répondit pas. Il resta là, à me fixer avec un sourire suspendu entre la sympathie et l'effort de jouer la comédie.

– Mademoiselle Teresa…

De nouveau. Sans rien rajouter. Je fis un mouvement pour m'en aller, mais il me retint. Il avait une main petite et dure.

– Je peux vous offrir un café ?

C'était dans un de ces bars qui auraient voulu être branchés comme certaines pâtisseries du continent, avec des serveuses parées de dentelles et des biscuits servis sur une petite assiette en argent. Là aussi, il y avait des pâtisseries maison et une rangée de tables avec des sofas Empire. Mais ici, les serveurs avaient l'air tout chiffonnés et des taches de graisse sur la chemise. Ils semblaient tous de mauvaise humeur. Nous cherchâmes une table au fond de la salle.

– Ça fait un bail que je voulais vous l'offrir, ce café.

Rosco avait commencé à tourner sa petite cuillère en la frottant contre le bord de la tasse. Il ne souriait plus.

– Pourquoi êtes-vous venue ici ?

– Il y a ma mère…

– Ici, dehors, sur le trottoir. Vous arrivez, vous vous arrêtez. Vous me regardez.

Je me raidis.

– Vous, vous m'en voulez, ajouta-t-il.

Ce n'était pas une question. Rosco inspira bruyamment. Il se tourna vers la vitrine de son magasin. Puis il planta son regard sur mon visage.

– Mademoiselle, pourquoi vous n'allez pas au cimetière ? Allez changer les fleurs de la tombe de votre père, dépoussiérer sa photo, balayer les feuilles sèches.

– Ma mère y va déjà, au cimetière.

– Tenez-lui compagnie, alors. De toute façon vous n'avez rien à faire ici.

Il arrêta de remuer son café. Il se leva sans même le boire.

– Et maintenant, si cela ne vous dérange pas, je vous offre ce café et je repars travailler.

– Je vous ai vu à la télévision aujourd'hui. Ils vous ont même nommé adjoint.

– Et alors ? dit-il en grinçant des dents.

– ... adjoint aux Affaires juridiques. Et maintenant, vous faites comment ? Vous ne payez plus le *pizzo* ?

Rosco se rassit de tout son poids.

– Mais qu'est-ce que tu veux ?

Il était passé au tutoiement. La voix était montée d'un ton. Je pris le manteau sur l'accoudoir, voulus partir. L'homme me posa une main sur l'épaule.

– Toi, tu ne t'en vas pas.

– Enlevez cette main !

Un serveur se tourna instinctivement, puis il se remit à faire comme si de rien n'était. À ne pas s'en mêler.

– Peut-être que je me suis mal exprimé, dit-il.

Il lâcha prise.

– Si tu restes dehors, plantée au milieu de la rue, tout le monde va te voir : mes employés, les clients, les passants. Et après, ils commenceront à se poser des questions, à parler entre eux...

– À parler entre eux ? Et de quoi ?

Il me répondit à un centimètre de mon visage.

– Tu es Teresa Percolla. La fille de Tanino Percolla. Tout le monde le sait, ici...

Il fit un geste vers la pâtisserie vide. Même le serveur avait disparu.

– Laissez mon père en dehors de ça.

– Et pourquoi ? Moi, je l'envie, tu sais ?

Il s'assit plus confortablement sur la chaise. Il croyait mener la danse de nouveau.

– Il est parti comme ça, en un clin d'œil, il ne s'en est même pas rendu compte. Chaque année, on fait une fête en sa mémoire, avec une couronne de fleurs, avec un beau discours du maire. Et bientôt, on donnera son nom à une rue. Alors que nous, on est ici, à trimer pour joindre les deux bouts, à payer des factures, à vendre des voitures...

Il baissa la voix, théâtral :

– Moi, j'ai vingt familles sous ma responsabilité. Tu sais combien de personnes ça fait, vingt familles ? Si je joue aussi au héros...

– Mon père n'était pas un héros.

– Certainement pas. – Un sourire lui vint aux lèvres. – Un poète, c'était.

Je sentis une gêne, comme une espèce de bruit qui grandissait dans mon estomac. Quand je me levai, Rosco ne fit même pas un geste pour m'arrêter. Il se contenta de me regarder de bas en haut.

– Pourquoi ne pas trouver un peu de paix, hein ? Vous n'avez pas un fiancé ? Vous n'étiez pas partie vivre dans le Nord ?

Je pris ma tasse et je la renversai lentement dans la sienne. Le café déborda et se répandit sur la table pour aller couler sur son costume bleu-gris.

– Mais putain, qu'est-ce que tu fais ?

Cette fois-ci le serveur arriva, à petits pas rapides, un chiffon à la main. Il essaya de lui tamponner les taches.

– Mais dégage, toi !

Puis il s'adressa à moi, furieux.

– Ne te fais plus voir dans cette rue. Plus jamais !

– Sinon quoi ? Vous me faites tirer dessus par un de vos amis ?

Je jetai deux pièces sur la table.

– C'est moi qui vous l'offre, le café.

Pendant des années, je m'étais appliquée à effacer chaque trace, à considérer la mort de mon père comme un coup du sort, pas un meurtre. J'avais tiré un trait net : d'un côté, il y avait mon passé, et de l'autre, moi. Au milieu, rien. J'avais vingt-quatre ans quand ils l'avaient tué. Qu'aurais-je dû faire ? Me lamenter ?

Même Rosco, je l'avais effacé de ma mémoire. J'en avais fait une pelote de fils hybrides, méconnaissables : lui avec tous les autres commerçants consciencieux de la ville, les étonnés, les affligés, les prudents et ceux qui étaient devenus muets. Tous agglomérés dans cet écheveau que j'avais oublié au fond d'une armoire avec les coupures de journaux dans la valise. Avec le visage que j'avais avant que tout cela n'arrive. Un visage aux pommettes arrogantes, aux yeux scrutateurs. Un visage qui semblait immortel comme mes pensées, le visage d'une jeune fille qui ne sait pas et qui ne garde pas la mémoire du monde : voilà, même ce visage, je l'avais enterré, avec tout le reste.

Cette rencontre avait emporté toutes les digues que je m'étais construites, et elle m'avait tout redonné. Je l'avais toujours su, il n'y aurait jamais moyen d'en finir avec ce temps, de solder les comptes avec une ville démolie de l'intérieur, avec la mort de mon père, avec la vie harassée de ma mère, avec toutes ces choses qui s'étaient déposées dans mon estomac et que je baladais en les nourrissant à coups de negroni et de pizzas margherita. Non, il n'y aura jamais moyen : tant que des gens comme Rosco resteront à leur place, contents de leur vie, contents d'être au monde.

C'était un type parmi tant d'autres, visqueux et vantard, malade de sa fourberie de boutiquier, avec des idées courtes et une haleine de plouc. Il n'était pas pire que les autres. Au contraire, il m'avait semblé pathétique, autocentré au point de croire que j'étais venue jusqu'à son magasin pour l'espionner ou pour le punir. Rosco n'était qu'un couillon. C'est pour ça qu'il allait mourir. Comme le Christ en croix, il paierait pour les fautes de tous ceux qui étaient comme lui, hypocrites, avides, menteurs, des pères de famille, des gens convenables, toujours convenables, prêts à vous expliquer jusqu'à quel point cela vaut la peine, parce que au-delà de ce point, ma petite, il n'y a qu'une terre sans rien n'appartenant à personne, il ne reste que le beau geste et un père poète, alors vaut mieux s'arrêter avant, laisser passer les choses, que le jonc se plie et ainsi soit-il.

Je cherchai une cabine téléphonique, j'appelai Tino.

– C'est moi. Tu me rends un service ?

Avec Tino, pas nécessaire de tourner autour du pot. Pas de bonjour, pas de bonsoir. Il lui suffisait d'entendre ma voix. Mais cette fois-ci, je me trompais.

– Quel service ?

– Mais tu dois toujours poser des questions, toi ?

– Et toi, tu dois toujours hausser la voix ?

J'avais haussé la voix. Combien de choses m'arrivaient sans que je ne m'en aperçoive plus ?

– Bref, tu passes me prendre ?

– Bien sûr que je viens.

Le voilà, mon Tino.

– T'es où ?

– À Sant'Agata. Devant l'église.

– T'es à cent mètres de chez toi…

– Je ne vais pas à la maison. Tu viens ou pas ?

Il arriva et me fit monter sans poser une seule question. Il resta immobile, le moteur au point mort.

– On va à l'aéroport, dis-je.

– Elles sont où, les valises ?

– Chez ma mère.

Moteur toujours au point mort. Tino attendait toujours des explications.

– Je n'ai pas envie de la voir. Je lui expliquerai après, allez…

– Elle se fait du souci.

– Elle se fait toujours du souci. Je l'appelle de l'aéroport, t'es content?

Non, Tino n'était pas content. Il avait un visage long et rouge, un menton lui tombant presque sur le pantalon et des marques d'acné boursouflées comme des petits cratères. Peut-être que, pour une fois, il était en train de se poser la question: mais c'est qui cette conne que je dois toujours promener? Qu'est-ce qu'elle me veut? Mais il ne dit rien. Il roula en silence, sombre, vexé. À l'aéroport, il ne m'ouvrit même pas la portière. La fenêtre était baissée, je me penchai vers lui:

– Il s'est passé un truc ce matin…

Il leva la tête.

– Quoi?

– Un truc.

– Raconte.

– Non.

Je n'avais plus envie de m'inventer des explications. Il n'y avait plus rien à raconter de cette histoire. Pas même l'ancienne pâtisserie, vendue elle aussi. On aurait dit une église, tout en hauteur, pleine de parfums et de miroirs, les présentoirs vitrés et, à l'intérieur, des rangées de *cannoli* qui attendaient d'être farcis, les barquettes de ricotta, de la pistache, du chocolat de Modica, les babas luisants de rhum avec une petite cerise au-dessus, les zestes d'orange cuits dans du sucre, les gens venaient et s'arrêtaient en silence, leurs doigts glissaient sur la vitre lorsqu'ils choisissaient les gâteaux un à un et mon père attendait la commande sans jamais être pressé, avec cet air de fête qui ne le quittait pas.

Il m'avait appris à reconnaître la ricotta pour les *cannoli* à son odeur, celle-ci vient de la Piana, tu sens qu'elle est un peu acide? Ça, c'est de la ricotta de brebis, dedans tu mets des éclats de chocolat et c'est mieux qu'une assiette de pâtes...

Vendue, la pâtisserie. Vidée de tous ses miroirs, des dettes et des ombres que j'y avais vues, vendue pour rembourser l'hypothèque à la Banco di Sicilia, qui allait octroyer un crédit à la veuve d'un pauvre idiot qui avait commencé à jouer au héros? Vente aux enchères, allez, tournons la page. Maintenant, excuse-moi, Tino, mais ces souvenirs me font mal et merci de m'avoir déposée.

J'aurais dû lui dire ces choses-là. Au contraire, je lui jetai uniquement un “non” rachitique en plein visage. L'aéroport me sembla une porte vers un autre monde.

8

On était une demi-douzaine, on ne se connaissait pas et on se regardait un peu de travers, comme quand on répond à une annonce de travail pour un poste de vendeuse, de précaire de *call center*, vous vous retrouvez entouré de visages sans savoir d'où ils sortent, vous pensez qu'ils seront sans doute plus baratineurs que vous, c'est eux qui auront le boulot, et vous êtes venu jusque-là pour rien... Mais j'étais à un enterrement. Le professeur de mathématiques s'en était allé sans faire de bruit, en laissant sur la table de nuit la liste des personnes invitées à ses obsèques. Elle était courte. J'étais dessus.

Pendant un petit moment, on a continué à se reluquer, assis sur les bancs en bois de la chapelle du cimetière, sans savoir s'il fallait se présenter les uns aux autres ou faire mine de rien. Puis, le prêtre arriva. Il nous fit lever, nous bénit, bénit le mort, l'appela par son nom et informa le public que Dieu dans sa miséricorde allait laver le professeur de tous ses péchés. Il avait dit exactement ça, de tous ses péchés, comme s'il était en train de célébrer les obsèques d'un banqueroutier et non d'un retraité. Il agita l'encensoir, nous enfuma et s'en alla. Trois minutes et c'était terminé. On se leva pour partir, aussi muets qu'à l'arrivée.

– On a besoin de deux d'entre vous.

Un gars avec une cravate noire et une veste de deuil avait parlé. Le croquemort. Il avait un bic en main.

– Il faut une signature. Sinon le cercueil ne sort pas d'ici.

– Peut-être un membre de la famille... hasardai-je.

– Il n'y en a pas. Restez, mademoiselle, comme ça on fait vite. Et vous aussi, monsieur.

Il s'était adressé à un type en salopette qui leva tout de suite ses mains noires de terre.

– Je vais salir la feuille…

– Personne ne s'en apercevra, dit l'entrepreneur des pompes funèbres.

On signa. Le jardinier en tenant le stylo-bille du bout des doigts. Puis surgirent deux autres messieurs, tout de noir vêtus avec des cravates qui ressemblaient à des petits bavoirs, ils chargèrent le cercueil sur une espèce de carriole de marchand de glace et l'emmenèrent. Un métier basé sur la peine, pensai-je : comme le mien. Eux, au moins, ils ne devaient pas consoler le mort.

– Moi, c'est Teresa.

– Marcello.

Beau nom, belles épaules, belle gueule. J'avais aimé la grâce de son geste, le bic suspendu entre ses doigts. Et j'avais aimé qu'il ne soit pas parti tout de suite.

– Vous avez connu le professeur ? lui demandai-je.

– Non. Je suis jardinier ici, au cimetière.

– Mais vous étiez avec nous dans la chapelle…

– J'étais en pause. Au moins, il y a un peu d'ombre là-dedans, et aussi des bancs… Vous ne pouvez pas vous imaginer la quantité de travail qu'il y a à faire ici…

Il indiqua les rangées de pierres tombales alignées, chacune avec leur angelot ailé en marbre.

– Il y a des jours où on a l'impression d'être dans un stade de foot, les familles arrivent avec leur glacière, dressent le couvert par terre et font un pique-nique. Ils disent qu'ils ont vu ça à la télévision et que ça se fait en Amérique. Après, c'est moi qui dois ramasser les canettes, les restes de bougies, les serviettes en papier…

– Mais vous avez aussi signé les papiers, essayai-je d'insister.

– À qui vous voulez qu'elles servent, ces signatures ? Au mort ? Et puis, vous avez entendu le prêtre, non ? Tous absous, tous au paradis.

On était arrivés devant la grille du cimetière.

– Tous ? Vraiment ?

Marcello fit oui de la tête.

– Tous, dit-il sérieusement.

– Même ceux qui tirent sur quelqu'un ?

– Eux aussi, mademoiselle. Le bon Dieu a le cœur large.

– Auriez-vous un pistolet ?

– Un pistolet comment ?

Il ne semblait pas surpris.

– Même un petit. – Je lui montrai mon sac. – Un qui puisse entrer là-dedans.

– Un vrai pistolet ?

– Ben oui…

– Vous vous foutez de ma gueule, mademoiselle ?

Ça va vite me passer, je me disais, ça va me passer, je suis sûre que ça va passer, je retourne au boulot, aux negroni, aux morituri et j'oublie ça, Rosco avec sa face bovine, la petite cuillère qui tourne dans le café. Ce ne serait pas la première fois que j'avalerais tout. Sauf que cette fois-là, ça ne me passait pas du tout. J'ai commencé à penser aux questions pratiques : où pouvais-je trouver un pistolet ? Comment le transporter ? Où le cacher ?

– T'aimes bien ?

Gisella avait abaissé la bretelle de son tee-shirt. Elle avait un tatouage noir, très noir, sur l'omoplate. Ça ressemblait à une tarentule.

– C'est un scorpion. Walter a le même sur la jambe.

Walter. Le dernier ou l'avant-dernier de ses mecs.

– Ça t'irait bien. Même un petit. T'es de quel signe ?

– Bélier.

– N'en parlons même pas. Pas de tatouage avec des cornes. Ça porte malheur.

– Ça porte malheur à celles qui ont un fiancé.

– Je pensais que tu t'étais tapé Alfredo.

– Je me suis tapé un enterrement.

Gisella donna un petit coup à son soutien-gorge à balconnets, remonta la bretelle de son tee-shirt, fit claquer l'élastique. Elle se préparait. Elle avait quelque chose d'important à me dire.

– On t'a cherchée. Le type de Rebibbia, celui avec le cancer au cerveau, comment il s'appelle ?

– Ferrari ?

– Oui. Il demande si tu passes le voir. Même sans faire de thérapie.

Elle m'agita sous le nez le crayon rouge et bleu.

– Teresa, regarde-moi dans les yeux !

Elle pointa mon visage avec le côté bleu, celui des morts.

– Tu ne vas pas te mettre avec un malade en phase terminale maintenant, hein ?

Quand Ferrari ouvrit la porte, je me rendis compte que quelque chose avait changé. Il avait le même teint livide qu'au premier rendez-vous, son vieux pull délabré, les cheveux drus collés sur le front et sur les tempes. Cet homme portait en lui un ennui plus sombre que la maladie. Et, pourtant, je percevais un détail nouveau, mais sans pouvoir le définir. Je cherchai une chaise, mais Ferrari m'indiqua un fauteuil.

– Je ne l'utilise jamais, la prison vous enlève les mauvaises habitudes.

Il avait adopté un ton de petit professeur.

– Pardon, quelles habitudes ?

– Les coussins. Ce n'est pas bon pour le dos. Ça voûte la colonne vertébrale, ça la rend capricieuse. Vous avez déjà souffert de hernie ?

– Jamais.

– Vous avez de la chance. Le dos, c'est la partie la plus sensible de notre corps, après les yeux.

– Ça aussi, on vous l'a appris en prison ?

– J'ai appris à me méfier de ce qui est confortable.

– Vous avez appris à vous méfier tout court.

– Pour cela, pas besoin de la prison, dit Ferrari sans se laisser démonter. Ça vous va, un café ?

Vas-y, fais le café, pensai-je, comme ça, moi, je regarde tranquillement cette chambre de faux adolescent, ces livres amoncelés contre le mur, les couleurs fatiguées de l'enduit, ce vieux tapis et, à côté de la porte, l'unique affiche de l'appartement, Allende en noir et blanc un casque militaire de travers sur le crâne, un ciel laiteux dans son dos. Les avenues de l'Histoire s'ouvrirent. Je n'étais pas encore née et, de toute façon, les avenues de l'Histoire étaient toujours là. Fermées, barrées, encombrées.

Ferrari revint avec un plateau en plastique, tasses et sucrier en équilibre : ses mains tremblaient imperceptiblement. Je détournai le regard, je ne voulais pas me perdre dans la peine. Pas avec cet homme.

– J'avais seize ans, dit Ferrari en faisant allusion au poster, mon père m'avait prévenu : voilà, ils vous l'ont tué, comme ça vous aurez un autre martyr, t'es content ?...

– Votre père était fasciste ?

– Il votait socialiste. Mais il voulait vivre tranquille, sans tambour ni trompette.

– Il est mort ?

– Tout de suite après Allende. Je ne me souviens même plus de son visage. Il est bon, le café ?

Je fis oui de la tête. Noir, fort.

– À Rebibbia, je faisais le café pour tous ceux de mon aile.

– Vous avez appris un tas de trucs là-dedans.

Ferrari se versa à boire d'une bouteille d'eau minérale. Encore ce tremblement à la main.

– Qu'est-ce que vous en savez? dit-il d'une voix plate, maîtrisée.

– Rien. Je ne sais même pas pourquoi ils vous ont mis en prison.

– Je ne vous l'ai pas dit?

– Vous m'avez foutue à la porte l'autre fois.

– Désolé. Je ne pensais pas que...

– Vous ne pensiez pas quoi?

– Que tout est à ce point ridicule. Me retrouver en liberté, juste pour ne pas crever dans l'infirmerie de Rebibbia.

Cet homme avait une idée derrière la tête. Mais il la gardait pour lui.

– Alors, que prévoit la thérapie, aujourd'hui?

– Vous avez tué qui?

Ferrari secoua la tête, il semblait déçu.

– D'abord, tu les confesses, et puis tu leur donnes l'extrême-onction.

– Simple curiosité. Laissez tomber...

Mais il ne m'écoutait plus. Il remit les tasses sales sur le plateau, avec des gestes lents, prudents.

– On va dire ça: l'État dit que je suis un assassin. Ils m'ont reconnu coupable d'homicide volontaire avec préméditation, port d'armes, recel, appartenance à une bande armée et outrage. Pour avoir craché à la figure d'un carabinier lorsque j'ai été arrêté.

– C'était qui?

– Le mort? Un ouvrier, un type quelconque... Ça ne va pas?

Je m'étais affaissée dans le fauteuil. Maudite association de croquemorts. Maudite Gisella avec ses crayons de couleur et son annuaire de moribonds. Je passai les paumes de mes mains sur ma jupe.

– J'ai pas beaucoup dormi...

– Vous êtes plus pâle que moi.

– Vaut mieux que je m'en aille, murmurai-je en me levant.

C'est alors que Ferrari fit un truc inattendu et pitoyable, il vint vers moi et me flanqua une gifle : sèche, compacte, ses cinq doigts claquèrent sur ma joue comme un pétard. Je restai avec la tête pliée sur le côté, sonnée, le visage en feu, puis je me jetai sur lui en poussant une plainte animale, je lui martelai la poitrine avec mes poings et ce son, qui n'était ni des pleurs ni de la colère, venait d'un souffle, d'une bouche béante, de tripes piétinées. Ferrari essaya de se défendre, de parer les coups avec ses mains ouvertes devant lui, puis il plongea en avant en cherchant mes poignets. Il les attrapa, les bloqua et m'obligea à m'asseoir. On est restés comme ça, mes bras cloués sur le fauteuil et son corps qui me dominait, haletant sur moi.

– Pourquoi tu ne me le demandes pas, hein ? cria-t-il.

– De quoi vous parlez ? Qu'est-ce que je devrais vous demander ?

– Si je l'ai vraiment tué ! Si je suis vraiment un assassin !

En grognant, j'arrachai mes bras de son emprise et le poussai par terre. Je bondis sur mes pieds, saisis mon sac. L'instant d'après, j'étais déjà dehors. De la porte ouverte derrière moi, la voix de Ferrari me parvint déformée, entre le hurlement et le ricanement.

– Alors ? Tu ne veux plus rien savoir ? Pas d'autres questions pour ce soir ?

Je voulais savoir. Comme si autour des péchés de Ferrari, autour des choses qu'il avait faites, mes pensées s'étaient enchevêtrées, Rosco, le désir de tuer, de procurer la mort, de décider la mort. J'éprouvais de la répugnance. Mais, aussi, le besoin de comprendre ce qu'on porte dans le ventre après avoir tué : nausée, honte, libération… Qu'est-ce que c'était ?

Je connaissais un cybercafé situé tout en haut de ma rue, je passais devant chaque matin et, chaque fois, j'étais fascinée par la sobriété de cette niche divisée entre écrans d'ordinateur et cabines téléphoniques. C'était toujours plein de jeunes à la peau cuivrée, minces comme des petites perches, tous assis à attendre leur tour pour passer un appel. Quand j'entrai, ils ne sourcillèrent pas, n'écoutèrent même pas mes explications décousues, ne se rendirent même pas compte de la façon dont je me démenais sur le clavier, de mes marmonnements incohérents pendant que j'interrogeais l'ordinateur, Libero Ferrari, un nom ridicule pour exercer la profession de bandit, un nom de bistrot, de cinéclub... N'empêche qu'il était là: brigadiste. Désolidarisé du groupe, mais jamais repenti. Cellule stratégique de la colonne de Padoue. Trois braquages de banque. Exécution matérielle d'un seul homicide: un ouvrier des chemins de fer. Tué pendant qu'il allait travailler, il commençait le service de six heures trente, un jour de novembre, vingt ans auparavant. Padoue en novembre: à cette heure-là, il fait encore noir. Et on doit crever sans même comprendre sous les coups de qui et pourquoi.

L'ouvrier s'appelait Salvatore Campanella, trente-neuf ans, fils de Calabrais. Métallurgiste inscrit au PCI, il avait une femme et une fille. Ils l'avaient attendu en bas de chez lui. Ils lui avaient tiré dans les jambes, l'homme s'était traîné jusqu'à sa Fiat 600, il avait réussi à ouvrir la portière et à se glisser à l'intérieur. Tout de suite après, les terroristes s'étaient enfuis à pied. Ils semblaient rassasiés. Puis, l'un d'eux était revenu sur ses pas en courant comme s'il avait oublié quelque chose. L'ouvrier s'était jeté sur les sièges, peut-être qu'il pensait qu'il s'en était tiré, qu'il allait s'en sortir juste avec les jambes brisées. La dernière chose qu'il avait vue, c'était le canon du pistolet. Trois balles, toutes dans la tête.

Celui qui était revenu en arrière pour achever le travail, c'était Libero Ferrari.

– T'es qu'une conne !
– Hé, ho ! Mais qu'est-ce qui te prend ?
– Il me prend que tu ne m'as même pas dit que ce gars, c'était un brigadiste !

Gisella agita les mains devant elle comme des essuie-glaces. Elle avait mis du vernis à ongles bleu, assorti à son petit crayon.

– Je n'en savais rien ! Tu crois que je leur fais un interrogatoire avant de te les passer ? Excusez-moi, vous qui êtes en train de mourir, dans quelle école vous avez été ? Pour qui vous votez ? Vous croyez au bon Dieu ?

– Tu ne leur demandes pas parce que t'en as rien à cirer ! Pour toi, ce ne sont que des traits à faire dans ton cahier. Quand est-ce que t'as déjà parlé avec eux ?

Gisella resta muette, ses mains boudinées en l'air, sa petite bouche ouverte. Puis elle fondit en larmes. C'était moi la conne. J'essayai de la prendre dans mes bras, mais c'était compliqué, cette poitrine abondante, ces sanglots, ce mascara qui coulait. Je l'étreignis sur le côté, comme pour un plaquage.

– Excuse-moi…
– Non.
– … mais allez, dis-je de nouveau, avec douceur.
– Mais pourquoi tu veux le savoir ? me demanda Gisella.

Elle avait cessé de pleurer.

– Si cet homme te plaît, c'est tes affaires. Qu'est-ce que tu t'en fous de ce qu'il a fait ?
– D'où tu sors que Ferrari me plaît ?
– Ça se voit…
– Non, non, c'est pas ça, dis-je. C'est que cette histoire me pèse. Et puis… je ne sais pas, peut-être que je lui ressemble.

– Communiste ?

– Meurtrière.

Elle fit un pas en arrière, puis un autre. Elle ferma la porte de la pièce à clef. Elle se plaça devant moi.

– On ne sort pas d'ici tant que tu ne m'expliques pas ce qui te passe par la tête.

Elle fourra les clefs dans sa poche et me fit signe de m'asseoir.

– Alors ?

Alors, je lui ai tout expliqué. Des trucs qu'elle savait déjà, qu'elle avait avalé avec moi durant toutes ces années, une gorgée à la fois, je lui ai expliqué ce qui s'était passé là-bas et ce qui se passait dans ma tête, je lui ai expliqué la petite cuillère dans la tasse, la façon dont Rosco tournait et tournait la cuillère dans son café sans jamais le boire, sans jamais me regarder en face, parce que lui, il n'avait pas changé, ceux-là non plus n'avaient pas changé, et cette idée soudaine, belle et brutale, qui avait envahi mes pensées, solder les comptes, reprendre un peu de mon passé, reprendre mon père, la pâtisserie, les parties de ballons, les chaussures pleines de terre et de boue, la baignoire d'eau bouillante et ma mère triste et heureuse, heureuse et mélancolique, le poursuivant avec ses chiffons à la main, reprendre tout ça, mais pas par compassion, pas pour le chagrin des autres, mais pour assembler physiquement ces impulsions lancinantes et molles, le doigt sur la détente, le barillet qui tourne, le chien qui se lève et qui percute la cartouche, un truc facile, rapide, propre, et tant pis pour Rosco s'il devait payer pour tout le monde, tant pis si moi aussi je devais porter dans mon ventre cet instant toute ma vie, comme Ferrari, je serais condamnée à me souvenir, mais au moins j'aurais été libre de clore la partie et d'enterrer les morts.

– Enterrer les morts ? Ça ne t'a pas fait du bien, ce travail. Tu dois toujours enterrer quelqu'un.

– Mais, d'abord, je dois tuer Rosco.

– Teresa, il est déjà mort, çui-là. Il est rongé de culpabilité. Sinon, il s'en ficherait de toi.

Tout le monde allait au plus simple avec cette histoire de culpabilité : les voleurs, les complices, les assassins, il leur suffisait de prendre leur ration quotidienne de remords et ils s'en allaient tout droit au paradis.

– Je ne sais pas quoi en faire, de sa culpabilité. Moi, je lui tire dessus. Qu'est-ce que t'en dis, Gisella ?

Gisella ne pipa mot. Elle se passa la main sur le front. Elle semblait plus menue, même sa poitrine s'était un peu affaissée.

– T'en as parlé à quelqu'un d'autre ?

– À personne. Qu'à toi.

Maintenant, tu vas me dire que je suis folle, pensai-je.

– Tu ne vas pas y arriver toute seule. Je vais t'aider, moi.

– Qu'est-ce t'as à voir là-dedans ? Tu ne te souviens même pas de ce Rosco.

– Je me souviens de la pâtisserie de ton père, quand j'allais m'acheter un *panzerrotto** et que je ne te connaissais pas encore. Tout chaud, à peine sorti du four, la crème fumante… Je le mangeais debout, en vitesse, pour ne pas le faire goûter aux autres.

Elle eut envie de rire. Puis elle se fit sérieuse. Très sérieuse.

– Je vais t'aider, moi. Tu ne sais même pas comment est fait un pistolet.

* Chausson sucré, farci de crème pâtissière à la vanille ou au chocolat.

9

J'avais besoin de le voir. Je me suis faufilée dans la première pâtisserie venue, je cherchais l'ambiance de la maison, des petits gâteaux que je connaissais. En fait, il y avait la radio qui envoyait de la musique à fond et une lumière de restoroute : tant mieux, pensai-je. Je me fis préparer un plateau de profiteroles, babas au rhum, diplomates, de feuilletés à la ricotta. C'est pour un anniversaire, dis-je, comme si la caissière en avait quelque chose à cirer.

J'arrivai dans la rue des Caprettari presque en courant. Je me collai à l'interphone. Ferrari me répondit d'une voix peu enthousiaste. Il savait que j'allais revenir.

Il allait mal. Sa respiration était plus haletante, ses épaules s'étaient courbées.

– Ils ont suspendu la chimio. Ils disent que je suis trop faible. Foutaises. Ils veulent que ça finisse vite.

– Moi, je ne veux pas que tu meures, lui dis-je.

– Pourquoi ?

C'était vrai : pourquoi ? À quoi ça me servait de dire la vérité, si après je ne savais même pas expliquer les choses ?

– Je sais qui tu es, lui répondis-je, comme s'il était nécessaire d'effacer l'aveu que je venais de faire. La colonne de Padoue, les braquages des banques, le cheminot que vous avez tué…

– Si tu sais déjà tout, tu pouvais t'épargner la visite et les gâteaux.

– Je veux comprendre comment ça arrive.

– Qu'un garçon de vingt ans devienne brigadiste ?

– Qu'un homme tue un autre homme.

– Tu pointes le pistolet, tu presses la détente et c'est fini. Tout est écrit dans mon dossier, ils m'ont fait trois procès. Demande à mon avocat de te le raconter.

– Je veux que ce soit toi qui me racontes.

Ferrari s'approcha de la fenêtre. Avec la manche de son pull-over, il nettoya la vitre assombrie par la poussière. De quelque part, une voix bien posée chantait des chansonnettes en trimballant derrière elle des accords d'accordéon. La soirée romaine commençait, le pèlerinage entre les tables des musiciens de l'Est avec leurs sourires aux dents noircies.

– Je n'aurais pas cru que ce serait ça, la liberté. Tu restes derrière une fenêtre, tu imagines la vie des autres, mais pour toi ce ne sont que des bruits. Tu ne reconnais même pas les mots, les choses qu'ils se disent. C'est comme être en prison, mais sans l'heure de la promenade…

Il se détacha de la vitre.

– Tu dois m'aider à trouver une femme.

– N'importe quelle femme ?

Ferrari se retourna.

– Ma compagne. La femme que j'aimais.

– Pourquoi tu ne la cherches pas toi-même ?

– Je ne sais pas où elle est. Après la prison, j'ai perdu tout contact.

– Mais elle-même ne t'a pas cherché. Elle savait où tu étais.

– Elle ne pouvait pas le faire. Elle s'est repentie, moi pas. Parcours pénitentiaires différents. Ça fait douze ans qu'elle est sortie, peine minimale, bonne conduite, les trucs habituels.

– Tu lui en veux ?

Il m'observa, surpris.

– Non, je ne lui en veux pas… Elle a fait ce qu'il y avait à faire. Elle s'est persuadée que ces années qu'elle a passées à chercher la révolution n'étaient qu'une lubie, une question d'obstination… Elle a dit ça aux juges, et eux, ils l'ont crue.

– Mais toi, tu as tiré, tué, et tu t'es tapé la prison. Un homme tout d'un bloc, pas vrai ?

Il ne dit rien. Et revint à la fenêtre, aux bruits de la soirée.

– Comment vous disiez quand il fallait tirer sur quelqu'un ? Ce n'est pas l'homme que nous touchons, mais le symbole. Et peut-être que vous y avez cru vraiment…

– C'est quoi, la différence ? Tu penses que ça change quelque chose pour ceux qu'on a tués ?

– Et toi ? Tu n'avais pas honte ? lui demandai-je sans réfléchir.

Comme on faisait avec moi quand j'étais petite, tu n'as pas honte ? Tout se trouvait dans cette question, l'affliction, la stupeur et l'espace immense de cet instant-là qui m'éloignait des autres, le visage acéré de mes parents, tu n'as pas honte, Teresa ? Et moi, je l'étais déjà, honteuse, désespérée, coupable, punie, perdue.

– On a honte seulement la première fois, dit-il.

La première fois. Trop facile.

– Raconte-moi la dernière fois.

– Y en avait un qui faisait le con à l'usine. On y est allés à deux, on l'a suivi jusqu'à la porte de chez lui. Dès qu'il a sorti ses clefs, je l'ai appelé : lui, il s'est retourné et je lui ai tiré huit fois dans les jambes. Il est tombé comme un sac. Nous, on a filé, à pied.

Ils ont filé à travers les rues, le vent en pleine face. Il me sembla le voir, entendre le bruit dissonant des semelles battant le trottoir. C'est bon de courir dans la ville, les gens vous regardent sans comprendre, mais en fait c'est vous qui ne les comprenez pas, leur façon de bouger lentement comme des poissons dans un bocal, leurs pas mesurés, leurs mains dans les poches, aucune pensée sur leurs visages, contrairement à celui de Libero qui trimballait tout derrière lui, les coups de feu, le blessé qui s'affaisse par terre, la guerre qui n'avait jamais commencé, la guerre qui n'aurait jamais lieu.

– Tu l'as tué ?

– Je lui ai brisé les jambes.

– Pourquoi il a été le dernier ?

– Pendant qu'on fuyait, je me suis souvenu du tract. C'était qu'un bout de papier avec l'étoile des Brigades rouges et quatre slogans écrits dessus. Mais sans ces mots ennuyeux, l'action n'avait aucun sens. Je suis revenu, le pistolet dans une main et le tract dans l'autre. Le con, il était encore dans sa flaque de sang : mais là, il hurlait. Il gémissait. Pleurait. À côté, il y avait sa fille, une gamine de dix ans avec une chemise de nuit tachée de sang, agenouillée. Elle semblait épuisée par ces hurlements…

– Et toi ?

– J'ai laissé tomber le communiqué par terre et je suis parti. À partir de ce jour, c'en était fini pour moi.

– À cause de cette petite fille ?

– Parce qu'il n'y avait plus de symbole. Il n'y avait qu'un gars qui pleurait, qui avait peur de mourir.

– Il te faisait pitié.

– J'avais honte pour lui. J'ai pensé que si on m'avait tiré dessus, j'aurais peut-être fait pareil…

Puis il s'assit, exténué.

– Pourquoi tu veux voir cette femme ? C'est elle qui t'a dénoncé ?

– Ils nous ont capturés ensemble, après qu'on a tiré sur Campanella.

– Vous l'avez tué à deux ?

– Trouve-la. Amène-la ici. Elle s'appelle Natalia, Natalia Pace.

– Je ne sais pas…

Désespéré, il fit un mouvement vers moi, les poings fermés.

– Tu veux vraiment que je te raconte ce qui s'est passé avec ce cheminot ? Et comment je l'ai tué ?

– C'est quoi ? Du chantage ?

– Un échange.

– Et si elle ne veut pas ?

– Dis-lui que je suis en train de mourir.

On s'en tape, pensai-je. Dans la rue, il commençait à faire un peu plus chaud, c'était le début d'un de ces printemps qui, à Rome, sont très courts, insipides, sans générosité. On s'en tape de Ferrari, de ses derniers scrupules, de l'air de martyr qu'il veut se donner ! On s'en tape de devoir clôturer les comptes de la vie de tout le monde, faire mourir en paix ces moribonds, redonner la lumière aux assassins, administrer le juste châtiment aux misérables ! J'arrivai à la maison, vive, la tête froide, déterminée à tous les envoyer se faire foutre, ce porc de Rosco, le brigadiste, la brigadiste... Et aussi ma mère avec ses yeux larmoyants, et Gisella qui me cherchait un mari, et aussi mon père qui pouvait éviter de se faire tuer, de toute façon il savait qu'après ce serait aux autres de s'occuper de lui, de se souvenir de lui, de le révérer même s'il n'était plus là, de parler de lui comme s'il était encore vivant, mais dix ans s'étaient presque écoulés, bon Dieu, presque dix ans à faire l'orpheline, et on a envie d'oublier, de parler d'autre chose, au contraire il faut endosser cette mémoire comme une robe qui, entre-temps, est devenue trop serrée et qui dégage des effluves de trucs mal digérés. Mais oui, je les emmerde tous, même Alfredo qui d'abord m'a fait goûter ses doigts et puis qui est parti comme une vieille fille vexée, et maintenant je le retrouve en bas de chez moi, mais regardez-moi ça, appuyé à la porte de mon immeuble, frais et souriant, un gamin comme tous les autres mecs qui, quand ils ont peur, te regardent, frais et souriants, et on dirait qu'ils te prennent pour une conne, avec cette trace de suffisance, cet air supérieur de premier de la classe, mais en fait ils font dans leur slip, pas vrai, Alfredo ? Pour qui tu te prends ? Pour qui vous vous prenez ? Hein ?

– Eh bien ? lui dis-je.

Ce qui semblait un sourire disparut aussitôt de son visage. Je m'attendris.

– Viens, on monte, lui dis-je.

Je restai dans l'obscurité de mon appartement, dos à Alfredo, en espérant qu'il fasse quelque chose sans attendre d'allumer la lumière, les mots de bienvenue, tu veux un café, comment tu vas aujourd'hui... Pour une fois, ça s'est passé comme je voulais. Ses bras se serrèrent autour de mon corps, sa bouche chercha sur ma nuque ce point sacré et désespéré où se retrouvent les nerfs, les pensées et les mélancolies. Il me mordit, puis commença à caresser une parcelle de peau avec la pointe de la langue, une autre morsure, de nouveau cette caresse lente et humide. Je tentai de me retourner, de prendre en bouche sa bouche, mais il me tint fermement par les épaules, enfila les mains sous mon pull, pendant un instant je pensai qu'il allait m'inspecter, me peser, et que ses mains partiraient ailleurs, déçues. Au contraire, elles s'arrêtèrent là, sur mes petits seins, sans les serrer, sans les mesurer, comme si ce geste servait à faire coïncider définitivement nos corps. Je me cambrai, pour mieux sentir ses doigts, son souffle sur ma nuque, puis toute cette obscurité me remplit les poumons et j'eus la sensation de basculer, de perdre l'équilibre. Je m'agrippai à une étagère de la bibliothèque pendant qu'Alfredo écartait mes jambes avec un genou. D'une main, il commença à parcourir mon corps qui me parut immense, interminable, le profil de mes côtes, mon bassin pointu comme une pommette, le ventre tendu, chaud, puis, plus bas, il se précipita sur l'attache de ma jupe qu'il fit glisser par terre. J'entendis quelque chose, un froissement de tissus pendant que mes jambes devenaient molles et humides, fatiguées et heureuses, puis plus rien pendant un temps qui me sembla éternel et beau, un temps fait d'attentes que quelqu'un aurait finalement comblé pour moi, un temps pour recevoir, pour arrêter de poursuivre, pour ne pas devoir expliquer.

Puis, il fut en moi.

– Qu'est-ce que t'es allée faire en Sicile ?

Alfredo s'était allongé tout contre moi sur le petit lit d'une place. La jambe en travers de mes cuisses, la tête sur mon épaule, la main sur mes seins. Plus que me protéger, il semblait vouloir me cacher.

– Des trucs de famille.

– Tu ne veux pas en parler ?

– Pas maintenant…

Je m'étais endormie, mais Alfredo m'avait ramenée à la fatigue de mes pensées. J'avais aimé faire l'amour avec lui, sans attendre, sans se dépêcher. Mais maintenant il fallait parler, se raconter, se dire les choses, révéler à l'autre son intimité, affecter de croire que le monde était tout entier dans cette obscurité de corps et de respirations. Ça m'avait toujours semblé une liturgie ridicule, comme à l'église quand il faut se lever, chanter, battre sa coulpe, s'asseoir, s'agenouiller, les gestes et les trucs à répéter par cœur, dans les siècles des siècles. Et puis, cette obsession qu'il faut se parler après l'amour, ressusciter les questions qui n'auraient jamais été posées avant, ainsi que deux rescapés qui se retrouvent et qui sont forcés de partager leur temps. Moi, je n'avais pas envie de parler avec Alfredo : je voulais dormir avec son corps sur le mien, c'est tout.

– Toi, raconte, dis-je. Je ne sais rien de ton histoire.

S'il fallait vraiment faire la conversation, je préférais écouter.

– Mon histoire.

Alfredo rit, s'agita un peu sur le petit lit et se cala plus confortablement.

– Mon père était un dirigeant des jeunesses communistes, ma mère étudiait l'architecture. Ils les ont emmenés au stade de Santiago, le jour du coup d'État, et le lendemain matin ils ont été fusillés. Moi, j'ai été adopté par un colonel de l'armée. Celui qui avait interrogé mes parents avant de les faire tuer...

Je retins ma respiration.

– Je blaguais, idiote...

– Crétin!

Je me retournai de l'autre côté.

– Vous, vous ne blaguez jamais! Pas vous, hein? Vous aimeriez que la vie des autres soit toujours un roman. Tu viens du Chili? Un exilé! Du Pakistan? Un guerrier islamiste! Du Liban? T'es un...

Il ne termina pas sa phrase. Dans l'obscurité, je lui envoyai une gifle, avec méchanceté. Il la reçut sur l'épaule, mais au moins je réussis à le faire taire.

– Excuse-moi, dit-il.

– Non, toi, excuse-moi. C'est que je crois tout ce qu'on me raconte. C'est ma faute.

Il déplaça sa jambe, je la sentis glisser loin de mon corps.

– Tu veux que je te raconte mon histoire?

– La vraie...

– Mes parents s'en foutaient de la politique. Pinochet ou un autre, pour eux, c'était la même chose. Fin.

C'est comme ça que j'aimais les histoires. Sèches, insolentes. Qui ne tournaient pas autour du pot.

– Par chez moi aussi. Ils s'en foutent.

– Ton père ne s'en foutait pas. Sinon, ils ne l'auraient pas tué.

– Qu'est-ce que t'en sais?

– Gisella me l'a dit.

– Qu'est-ce qu'elle t'a dit d'autre?

– Que tu y penses tout le temps. Et que t'as besoin d'un pistolet.

– Elle t'a dit ça ?

– Oui.

– Elle t'a dit ce que je devais faire avec ce pistolet ?

– Oui.

– Et toi ?

– Quoi, moi ?

Je cherchai l'interrupteur de la lampe de chevet. Cette conversation avait besoin de lumière. Alfredo avait gardé son beau visage. Curieux, attentif.

– Tu veux savoir ce que moi j'en pense ? Je pense que tu dois peut-être le faire. Si ça sert à quelque chose. Si ça t'aide à te sentir mieux.

– Tuer un type ? Juste pour me sentir mieux ?

– Ben quoi ? Qu'est-ce que ça peut faire ? dit-il.

Ma meilleure amie, mon amant de moins d'un jour, tous là à me donner des conseils, à me dire que j'avais raison, à vouloir m'apprendre comment utiliser un pistolet. J'éteignis la lumière. Je m'enveloppai du corps d'Alfredo.

– Tu me fais un câlin ?

Je lui pris la main et la mis dans mes cheveux.

– Ça fait du bien à l'âme.

Je m'endormis aussitôt, comme une minote.

Natalia Pace avait disparu. Les journaux avaient signalé sa sortie de prison le jour où ils l'avaient remise en liberté, mais sans trop s'y attarder. Il y avait une déclaration de l'avocat (“Mme Pace a payé ses dettes envers la justice, elle a collaboré, maintenant elle a le droit de refaire sa vie”). Sur la même page, à côté, l'interview de la veuve de Campanella, le cheminot tué par les Brigades rouges. La femme n'avait pas grand-chose à dire. La mort de son mari, c'était de l'histoire ancienne, oubliée depuis longtemps. On en aurait perdu toute trace si ce n'était pour la médaille d'or qu'un président de la République avait épinglée quelques années auparavant sur la poitrine de Mme Campanella et sur les quatre-vingt-deux autres veuves victimes du terrorisme. On les avait rangées ensemble dans la cour du Quirinal, toutes debout, toutes habillées en noir alors qu'on était en juillet et que le soleil faisait fondre le cerveau. Quand ce fut son tour, la veuve Campanella était sortie de la file, elle avait fait deux petits pas en avant comme les gens du protocole lui avaient expliqué de le faire pendant les répétitions. Elle s'était tout de suite sentie embarrassée, pas à sa place, les mains autour de son petit sac, les yeux qui ne savaient où se poser. Le président lui avait serré la main, l'avait embrassée sur une joue et avait fait une erreur sur son nom : Cantarella, il l'avait appelée. Et elle, Bice Campanella, n'avait pas eu la force de le corriger.

Quand on avait relâché Natalia Pace, un journaliste l'avait sollicitée au téléphone avec une espèce de hâte dans la voix : Alors, madame Campanella, vous savez qu'on a remis la brigadiste Natalia Pace en liberté ? Qu'en dites-vous ? Qu'en pensez-vous ? Que ressentez-vous ?

Et que devait-elle ressentir, la veuve Campanella ? Elle ne ressentait rien. Ça lui semblait un peu tôt, voilà, sept ans que son mari avait été tué et déjà cette jeune femme repartait de son côté. À l'autre bout de la ligne, le chroniqueur avait gribouillé quelque chose à contrecœur, il aurait aimé une réponse plus nerveuse, sinon comment allait-il pondre trente lignes ?

– Mais vous avez pardonné ? il lui avait demandé.

– Pardonné quoi ?

– Natalia Pace. Elle a participé à l'homicide de votre mari… Alors, vous lui pardonnez ?

Comme ça, sec, facile, bureaucratique : la petite croix, on la met ou pas, dans la case ?

– Madame Campanella ?

– Je suis là.
– Oui ou non ?
– Peut-être, avait-elle répondu d'une voix flûtée.
Et c'est ainsi que l'interview se clôtura.

J'ai reposé cette coupure de presse et je me suis massé les bras. Mais c'était quoi cette question à la con ? Comment était-il possible qu'en trente ans pas un seul chroniqueur, envoyé spécial ou rédacteur en chef ne se soit pas excité sur ce secret de confessionnal : alors, vous avez pardonné à ceux qui ont tué votre père, votre fils, votre mari ? Comme si les assassins, les commanditaires, les bouchers en avaient vraiment quelque chose à cirer. Comme si Dieu le Père et même les morts en avaient quelque chose à cirer. Ceux qui en avaient quelque chose à cirer, c'étaient les journalistes et les bonimenteurs de la télévision : sur la question du pardon, ils pouvaient finalement diviser, insulter, défier. Pour moi, ce mot n'était qu'un son, un coup de pinceau de couleur.

J'ai restitué le tome à l'archiviste. J'avais préféré me fier aux vieilles habitudes. Au lieu du cybercafé avec ces ordinateurs collés les uns aux autres, je m'étais pris deux heures pour aller à la bibliothèque. Et maintenant j'avais les volumes annuels d'un quotidien alignés sur une table aussi grande que mon appartement. Natalia Pace était sortie de scène : il ne restait qu'une trace très ténue d'elle, une association qui s'occupait d'handicapés et qui lui avait donné du travail après sa libération.

J'y suis allée. Un hangar en préfabriqué au fond de la rue Prenestina. Non, Natalia ne travaillait plus avec eux depuis quelques années, mais qui êtes-vous ? Que voulez-vous ? Écoutez, si c'est pour une interview… C'est pour une thèse, répondis-je. Révolution et restauration, une étude sur le terrorisme d'Italie et sur le Chili de Pinochet.
– Excusez-moi, mais qu'est-ce que le Chili a à voir avec l'Italie ?

– Mon professeur est obsédé par les arcanes de l'Histoire, par des trucs comme ça… – Je repris mon souffle. – Où puis-je trouver Mme Pace ?

– Je verrai, me dit-elle, je vous ferai savoir.

– Je dois le remettre dans une semaine.

– Vous pouviez y penser avant.

– C'est que je me marie, un imprévu…

Je fis un sourire contrit. Je lui pris une main et la posai sur mon ventre.

– Je suis enceinte de quatre mois, mes parents ne le savent pas, si je le dis avant mon diplôme, ça va être le bordel…

La femme retira sa main.

– J'ai déjà eu deux avortements avant. Spontanés. Allez, aidez-moi.

– Vous n'êtes pas enceinte, dit-elle en indiquant mon ventre. Il n'y a rien là-dedans.

C'était vrai : il n'y avait rien. Pas d'enfant, pas d'expectative d'en avoir un. Pas même un homme.

– Aidez-moi quand même, insistai-je.

La femme me regarda bizarrement. Puis elle s'en alla dans une autre pièce. Elle revint avec une petite feuille.

– Je l'ai appelée. Elle vous attend.

Elle me donna l'adresse sans enthousiasme.

– C'était quoi le titre de votre thèse ?

– La lutte armée en Italie, entre restauration et révolution.

– Et le Chili ?

– C'est dans le sous-titre…

– Les gens de l'association m'ont appelée. Vous écrivez pas de thèse. Alors ? Qu'est-ce que vous me voulez, bon sang ?

Natalia Pace me parlait par l'entrebâillement de la porte, la chaîne de sûreté était mise, la méfiance lui dessinait entre les yeux une ride nette et profonde comme une coupure. Elle ne m'avait même pas laissé le temps de me présenter. Elle avait ouvert et s'était vite réfugiée derrière le chambranle de la porte. Autant ne pas perdre de temps, pensai-je.

– C'est Libero Ferrari qui m'envoie.

– Je ne connais pas de Libero Ferrari.

La porte commença à se fermer lentement. Je mis un pied au travers, contre le battant.

– Moi, je m'en vais pas.

– Et moi, je ne vous ouvre pas.

– Ferrari veut vous voir.

La pression augmenta.

– Je ne vois pas de quoi vous parlez. Allez-vous-en, s'il vous plaît.

Je fis un pas en arrière, la porte se referma d'un coup sec.

Quelle conne, pensai-je : maintenant je retourne chez Ferrari et je lui dis que sa petite copine c'est qu'une vieille conne, avec sa chaîne de sûreté et ses cheveux crêpés. Au lieu de ça, j'allai m'asseoir sur un muret en face. Qu'est-ce qu'ils croient, les gens ? Ils croient que pour se débarrasser des choses lourdes de la vie, il suffit de fermer une porte et de mettre le verrou ? Natalia Pace avait polycopié des tracts, braqué des banques, tiré sur des gens en attendant que les masses armées se soulèvent et maintenant elle voulait se libérer de tout, comme si ce n'était qu'une histoire qui avait mal fini, une affaire qui avait tourné au vinaigre. Trop facile. Je me mis à regarder attentivement en direction des fenêtres de Mme Pace. Ce devait être celles du haut, deuxième étage, de temps en temps un rideau s'agitait, puis retombait. Je n'ai pas attendu longtemps. La Pace passa la porte de l'immeuble et vint directement vers moi.

– Vous êtes des services ?

– Non.

– C'est le TAP qui vous envoie ? La préfecture ? Vous êtes journaliste ?

– C'est Libero Ferrari qui m'envoie, je vous l'ai déjà dit.

Elle sortit un paquet de cigarettes, s'en alluma une, aspira deux, trois bouffées violemment.

– Qu'est-ce qu'il me veut, Ferrari ?

– Il est en train de mourir.

Une minute s'écoula, sans que rien ne se passe. Puis, la femme serra les bras autour de son buste, se tourna comme pour rentrer chez elle, mais elle s'approcha de moi.

– Pas ici. Venez...

– T'as une pièce ?

Elle était passée au tutoiement. Ça m'arrivait souvent : d'abord ils m'agressaient et, à la fin, ils me tutoyaient. Je lui donnai un euro. Elle l'introduisit dans une petite boîte en fer, à partir des voûtes de la nef, quatre spots s'allumèrent sur un saint Matthieu mourant, perdu, sculpté dans une pénombre colorée. Pas chez elle, pas dans un bar : elle m'avait emmenée dans une église.

– Ils font comme si c'étaient eux qui l'avaient peint, dit-elle amèrement.

– Eux, qui ?

– Les prêtres. Si tu mets une pièce, il s'allume. Sinon, tu dois l'imaginer. Tu sais combien le pape a payé ce tableau ? Deux cents florins. Aujourd'hui, avec cet argent, tu peux à peine t'acheter une mobylette. Eux, au contraire, ils se sont acheté un Caravage.

– Comment vous savez ça ?

– Moi, j'ai vraiment fait une thèse. *Dieu et son ombre, la peinture italienne au XVI*e *siècle.*

– C'est un beau titre.

– T'as plein de temps en prison. Tu études, tu penses, tu inventes des titres...

– Vous n'êtes pas restée longtemps en prison.

– Une semaine là-dedans, c'est déjà beaucoup. Vivre avec le regard des autres braqué sur toi, le judas qui s'ouvre quand ils veulent, les surveillants qui comptent tes pas dans la cour... C'est pour ça que je suis sortie pour te parler: quand je t'ai vue dans la rue en train de fixer mes fenêtres, moi à l'intérieur et toi à l'extérieur, comme en prison... Ferrari, il ne t'a pas déjà expliqué tout ça?

– Ferrari ne parle pas beaucoup.

– Vous baisez et rien de plus?

Je me sentis découragée.

– Mais putain, comment tu te permets?

– Tu n'es pas sa maîtresse?

Je repris mon souffle et je cherchai un ton neutre.

– Ferrari était encore en prison il y a un mois. Haute sécurité, peine incompressible. Maintenant, ils l'ont renvoyé chez lui parce qu'il est en train de mourir.

– Ça, tu me l'as déjà dit.

– Il veut vous voir.

Le minuteur termina son tour, les petits projecteurs s'éteignirent, *Le Martyre de saint Matthieu* redevint une tache sombre sur la pierre de l'église. Je cherchai une autre pièce, je ne voulais pas laisser cette femme dans une obscurité qui aurait été à son avantage. La chapelle s'illumina de nouveau comme en plein jour.

– Pourquoi il veut me voir?

Comme une bonne femme qui demande des détails.

– Je ne sais pas. Je peux l'imaginer.

Natalia Pace plissa les yeux, je crus qu'elle était en train de pleurer. Mais c'était seulement à cause de la lumière des projecteurs. Ça la dérangeait.

– Mais moi pas. Je n'imagine pas.

– Vous étiez sa compagne.

– Il y a vingt ans. C'était dans une autre vie. Qu'est-ce qu'il t'a dit d'autre?

– Que vous avez tué un homme.

– C'est lui qui l'a tué.

Je m'approchai. Je devais faire vite, avant que ces petits projecteurs ne s'éteignent de nouveau.

– C'est pour ça que vous l'avez quitté ? Parce que c'était un assassin ?

– Je ne l'ai pas quitté. Ça s'est fini, comme toutes les idioties de l'époque.

Elle avait peur, à présent.

– Mais Ferrari est resté en prison. Et là, il est en train de mourir à cause d'une tumeur au cerveau.

– Je n'irai pas le voir.

Elle voulut s'en aller. Je la saisis par une épaule, en l'obligeant à se retourner.

– Mais qu'est-ce que t'es conne !

– Qu'est-ce que tu en sais, à quel point je suis conne ? Qu'est-ce que tu crois ? Que tu peux te pencher sur la vie de quelqu'un comme à une fenêtre ? Tu mets une petite pièce et tu m'envoies les spots ? Pour moi, cet homme n'existe plus. Notre amour a été un amour pathétique, de deux fugitifs qui s'inventent une guerre. Fini la guerre, fini l'amour, tout est fini.

– Les procès aussi sont finis. De quoi vous avez peur ?

– Qui t'a dit que j'avais peur ?

Elle se tourna, je n'essayai plus de la retenir. Ce fut elle, la Pace, qui hésita.

– Dis-lui… dis-lui que je suis désolée, dit-elle, sans se retourner.

Puis, elle sortit de l'église et les lumières de l'autel, dans une parfaite synchronisation s'éteignirent de nouveau. J'ai chopé une autre pièce dans ma poche, j'ai rallumé les projecteurs et je me suis assise sur un banc. Je voulais prendre mon temps.

10

Je les vis arriver. J'avais gardé cette manie de ma mère, d'apporter une chaise sur le balcon et de rester là, à regarder la rue en dessous de moi. Pour mes grands-parents qui vivaient au village, la rue était un monde qui passait devant la porte de leur maison en laissant toujours derrière lui quelque trace, quelques mots échangés, un fou rire, une colère. Pour ma mère qui vivait recluse au dixième étage d'un immeuble, la rue était la carte postale d'une ville lointaine, un bruissement de sons, les klaxons, les coups de frein. Mais qu'est-ce que tu fais, assise dehors ? je lui demandais. Qu'est-ce qu'il y a à voir en bas ? Elle ne me répondait jamais. Elle continuait de fumer, perdue dans ses pensées. Je faisais comme elle, maintenant, la chaise adossée à la fenêtre ouverte, le manteau sur les épaules parce que la tramontane souffle, la tête un peu dedans, un peu dehors, comme certains fruits de mer au bord de leur coquillage, prêts à se réfugier de nouveau dans leur coquille, à fermer portes et fenêtres si la mer devient mauvaise.

Gisella me salua en agitant sa petite main. Alfredo me sourit et c'est tout. Ces deux-là chez moi, c'étaient des ennuis.

– Je t'ai inscrite au stand de tir ! dit Gisella dès qu'elle entra.

Elle me donna un petit carton, mon nom était écrit dessus. Pendant ce temps-là, Alfredo rôdait dans l'appartement en faisant comme s'il était là pour la première fois.

– T'es devenue folle ?

– Tu m'as dit que tu voulais tirer sur un type, et c'est moi la folle ?

– Qu'est-ce que le stand de tir a à voir là-dedans ?

– Ça a à voir, parce que là-bas ils t'apprennent à prendre en main un revolver. À le charger, à viser et tout et tout. Pas vrai, Alfredo ?

Il était absorbé, il regardait les livres. Il en avait pris un qu'il feuilletait avec attention.

– Mais pose ce livre !

– C'est *Crime et Châtiment*...

– Et alors ?

– En fait, je pensais à l'étudiant, lui aussi... Comment il s'appelait déjà ?

Alfredo est plus dangereux que Gisella, me dis-je.

– Cette idée du stand de tir, elle vient de toi ? lui demandai-je.

– Elle vient de moi, dit Gisella, protectrice, mais c'est Alfredo qui t'accompagne. Allez, il se fait tard... Moi, pendant ce temps-là, je te remplace chez le colonel à la retraite, tumeur au pancréas, tu vois de qui je parle ?

– Tu n'as jamais eu d'entretien avec les malades.

– Et toi, tu n'as jamais tiré sur personne. On apprend toujours dans la vie.

Elle enfila ses gants, réajusta son petit bonnet de laine, s'enroula trois tours d'écharpe autour du cou et nous lança un long regard langoureux.

– Bon, je vous laisse seuls...

– On sort aussi, dis-je.

Alfredo me regarda, déçu. Qu'est-ce qu'il croyait, qu'il lui suffisait de claquer des doigts et que j'allais fondre ?

– Tu m'en veux ?

On étouffait dans le métro, serrés comme des sardines, et Alfredo avait sorti cette question geignarde.

– Vous m'avez prise pour une idiote, tous les deux ?

Il ne dit rien. Il continuait à me serrer le bras, peut-être qu'il craignait que je m'enfuie.

– Je voudrais être comme toi, dit-il ensuite. Avoir le même toupet, penser les choses que tu penses.

– Et qu'est-ce qui t'en empêche ?

– OK, tu m'en veux.

Je me libérai de son emprise d'une secousse sèche. Alfredo chancela, s'agrippa au bord d'un siège. Un vieux nous dévisagea, agacé.

– Ben quoi ? demandai-je en haussant la voix. Qu'est-ce que vous regardez ? Vous n'êtes jamais en colère, vous ?

Alfredo me poussa vers la porte du wagon.

– Et toi, qu'est-ce que tu veux ?

– On est arrivés...

Le stand de tir était un couloir en ciment, long et étroit, qui donnait sur un mur sale situé à une trentaine de mètres. On aurait dit qu'il avait été construit exprès pour fusiller quelqu'un. Les cibles étaient minuscules.

– Vous voulez que je touche ce truc là-bas ?

– Pas besoin que vous le touchiez. L'important, c'est d'essayer.

Tous des philosophes, même ce type chétif qui refermait mes doigts autour de la crosse d'un petit pistolet.

– On dirait un faux, dis-je.

– Calibre 6,35. Fait pour le stand de tir.

– On peut tuer quelqu'un avec ça ?

Le type se figea, sa main autour de la mienne. Alfredo essaya de rattraper la situation.

– La demoiselle voulait dire, si ça peut aider pour la self-défense...

– Non. Je voulais savoir si, avec ce truc, on peut tuer un homme.

– Ça dépend, fit l'instructeur.

– De quoi ?

– De comment vous visez. S'il le prend dans l'œil, vous le tuez. S'il le prend dans un bras, lui, il a le temps de venir vous arracher le pistolet des mains et vous balancer des torgnoles.

– Vous poussez, là ! dit Alfredo.

– Ça envoie des projectiles fins comme des épingles. Ils transpercent et disparaissent. Sauf s'ils tombent sur un organe vital.

– Genre le cœur ? demandai-je.

– L'aorte, le foie, l'intestin, l'œsophage, la colonne vertébrale. Ça peut faire très mal, même avec un pistolet à petit calibre. Mais pourquoi tout cet intérêt ?

– Comme ça. Pour savoir.

Je ne l'avais pas convaincu. Mais il fit semblant de rien. Il avait dû en voir d'autres, là-dedans.

– Serrez... pas trop... Voilà, tendez le bras. Vous devez sentir l'arme comme si elle faisait partie de votre corps. Maintenant, fermez l'œil...

– Lequel ?

– Laissez tomber... Gardez le bras rigide et appuyez sur la gâchette sans être pressée.

Poff ! fit le pistolet. Une toute petite détonation. Pas de fumée qui sort du canon, pas de trace de trou sur la cible.

– Mais ça a tiré ?

– Bien sûr.

– Hors cible ?

– Je dirais que oui.

– De combien ?

L'instructeur porta à ses yeux une petite lunette, une de celles qui semblent fausses et qu'on utilise seulement à l'opéra.

– Deux mètres.

– Comment deux mètres ?

– Allez, Teresa... c'est la première fois, dit Alfredo.

– Vous avez plié le poignet au moment de tirer, mademoiselle.

– T'as plié le poignet, Teresa... Ça arrive...

Deux mètres, pensai-je. Trois personnes tiennent facilement sur deux mètres. Une grosse armoire. Mon lit. Tous mes livres. Je calculai pour Rosco, il aurait eu de la place, oui et non, soixante centimètres.

– On réessaye, mademoiselle ?

On a réessayé. Pendant une heure. J'ai appris à charger pour expulser la douille, à viser, à appuyer sur la gâchette tout en montant encore un peu le bras, à durcir l'épaule au moment du coup. J'ai utilisé trois chargeurs. Je n'ai jamais touché la cible. Je me suis approchée jusqu'à vingt centimètres, c'était le meilleur tir de la soirée.

– Félicitations, mademoiselle !

– Félicitations, Teresa !

Gentils comme deux eunuques.

Je dis à Alfredo que je voulais rentrer à la maison à pied. Je l'escortai jusqu'à l'entrée de la station de métro, j'attendis qu'il descende, je le saluai avec la main quand il franchit le tourniquet. Il avait un air désespéré. Moi, je n'avais qu'une hâte : retourner chez Ferrari.

11

Un matin froid, les sacs-poubelles amoncelés sur les trottoirs, une vapeur de choses rances dans l'air, les rideaux de fer des trattorias baissés, les chaises en plastique empilées et attachées ensemble par des cadenas. J'arrivai dans la rue des Caprettari presque en courant, je me collai à l'interphone, je sonnai longuement: en vain. Je regardai en haut, des rais de lumière passaient à travers les volets du balcon de Ferrari. Mort, pensai-je. Le cœur, ou bien il s'est tué. Et comment on fait pour se tuer dans cet appartement? Il n'y a pas de four à gaz, pas même un lustre pour se pendre. Maintenant j'appelle le 118, me dis-je: il y a un cadavre, vous le trouverez à la rue des Caprettari, troisième étage. Je l'aurais fait si du coin de l'œil je n'avais pas enregistré un mouvement, là-haut au troisième étage. Un truc imperceptible, une ombre qui passait près de la fenêtre et ces rais de lumière s'étaient comme floutés pendant un instant. Je collai mon doigt sur le bouton de l'interphone. Il est peut-être encore vivant. Il ne veut peut-être pas me voir. Peut-être que c'est juste un con.

Déclic métallique de la porte de l'immeuble: quelqu'un avait ouvert. Je cherchai l'interrupteur de la main, commençai à gravir les marches trois par trois, puis je m'aperçus de quelque chose, une agitation de voix basses qui parvenait d'en haut, une espèce de rire, une porte qui se refermait. Je me mis à monter sans me presser, mais soudain mon pied s'alourdit. Je m'aperçus de sa présence après la première volée d'escaliers. Grande, brune, vaporeuse. De l'ourlet de sa petite robe fourreau apparaissaient les bords de ses bas autofixants. Elle avait un visage large, coloré par un excès de rouge à lèvres. Elle me salua de la main, des ongles aussi longs qu'un de mes doigts.

– Salut, ma belle…

Une pute. Étant donné que j'avais été éduquée à l'ancienne, je lui rendis son salut.

– Bonsoir.

Je franchis les dernières marches la tête vide et je me retrouvai sur le seuil de Libero Ferrari, raide, confuse, le poing levé en l'air, sur le point de frapper à la porte. Ferrari m'ouvrit à ce moment-là, avec son visage habituel, sa hâte habituelle.

– Tu sais, il y a une sonnette, dit-il.

Il avait recouvré un teint un peu plus coloré. Même le tremblement de ses mains avait presque disparu.

– Pourquoi tu m'as envoyée chercher cette femme ?

– Je te l'ai dit. Je ne l'ai pas vue depuis des années. Je ne veux pas mourir sans…

– Sans quoi ? Sans la baiser une dernière fois ? Comme l'autre que tu as baisée il y a dix minutes ?

D'un coup, Ferrari avait perdu son aura de malade en phase terminale. Même sa morgue de petit professeur. Et cette espèce de petit sourire qu'il déballait sur son visage chaque fois qu'il me voyait : disparu. Il était redevenu un homme comme les autres. Un homme malade, pathétique, un menteur.

– Quelle femme ? dit-il, sans même se donner la peine d'être crédible.

– Combien elle t'a coûté ? Tu sais que, pour écouter tes conneries, on me paye que vingt euros ? Elle, pour vingt euros, qu'est-ce qu'elle te fait ? Elle te la prend dans la bouche ? Elle se fait tripoter ? Qu'est-ce que tu te procures, toi, avec vingt euros ?

Mais qu'est-ce que tu racontes, pensai-je.

– Enfin, fit Ferrari.

– Enfin quoi ?

– Tu as laissé tomber ton air de nonne. Au début, j'ai même pensé que tu portais aussi la poisse. Une fille qui vient donner l'extrême-onction, qui gagne sa vie en observant les autres qui crèvent. Mieux vaut cent fois cette femme.

– La pute ?

– Elle s'appelle Patrizia. Elle vient me voir chaque semaine, comme toi. Elle me coûte cent euros mais au moins, avec elle, je m'amuse. Elle ne reste pas là, à me rappeler que je vais mourir.

– C'est pas ma faute si…

– … mais, oui, bien sûr, ce n'est pas ta faute.

Il se traîna jusqu'au fauteuil en faisant un geste autour de lui, comme pour me dire : tu as vu ? La maison avait commencé à mourir avant lui : des assiettes putrides dans l'évier, des restes de nourriture oxydés sur la table, par terre, quelques boîtes de conserve de viande encore à moitié remplies, une odeur acide de médicaments, d'urine, de cigarette, de sexe, de nuit.

– Tu t'attends à quoi de la part d'un type qui va mourir ? Pour une fois, tu peux arrêter de penser qu'à toi ?

Je me sentis coupable. Je lui avais fait une scène de jalousie. De quel droit ? Qu'avais-je à voir avec ce peu de vie qui restait à cet homme ? J'ouvris grand les fenêtres, je ramassai les boîtes de conserve, je vidai un cendrier.

– Laisse tomber.

Il avait raison. Ça n'avait aucun sens de nettoyer cet appartement. Qu'il meure lui aussi, la poussière à la poussière, la terre à la terre, qu'est-ce qu'un homme comme Ferrari en avait à cirer de partir en laissant des assiettes propres…

– Je suis désolée, dis-je.

– Pour la pute ? Pour ma mort ?

Je ne répondis pas.

– Je t'avais demandé un service.

– Je sais, Natalia.

Je pris ma respiration.

– Elle ne veut pas te voir.

– Peu importe...

– De toute façon, il y a Patrizia, non ?

– Tu coucherais avec moi, toi ?

Des mots sans colère désormais. Que dire d'autre ? Rien, tout.

– On avait fait un pacte, toi et moi.

– Qu'est-ce que tu veux savoir ?

Je cherchai une chaise. Je pris mon temps.

– Je veux savoir comment on fait pour tuer un homme.

– Je n'ai tué personne, moi.

Il avait parlé à voix basse, sans forcer le ton. Pour lui, ce n'était qu'une simple information à donner. Pour la première fois, Libero Ferrari me sembla sincère.

– Mon père était instituteur. Il me parlait comme si j'étais un de ses élèves, un enfant qu'il fallait corriger, sevrer... Un jour, je lui ai dit que je partais de la maison. Il n'a pas essayé de me faire changer d'avis. Il m'a seulement demandé de prendre soin de mon visage. C'est l'unique chose qu'on a, il m'a dit, la seule chose qu'ils ne pourront jamais nous enlever. Il se trompait. À la fin, on s'habitue à tout, même au jugement des gens. Pour tout le monde, mon visage reste celui d'un assassin. Je m'en suis fait une raison...

– Ce cheminot, Campanella...

– Ce n'est pas moi qui l'ai tué.

– Au procès...

– J'ai menti.

– Pourquoi ?

– Pour protéger Natalia. C'est elle qui l'a tué.

Je donnai un coup de pied dans une boîte de conserve, l'envoyant sous le lit. Je me dressai devant lui, les poings serrés à en blanchir les articulations.

– Mais qu'est-ce que t'es en train d'inventer ?

– Ce n'est pas moi qui ai tué cet homme, répéta-t-il. J'étais chef de colonne, on avait reçu de Rome l'ordre de le jambiser…

– Au lieu de ça, vous l'avez tué comme un chien !

Ferrari leva la main. Il demandait un peu de silence, un peu d'écoute.

– Quand Campanella a passé la porte de chez lui, Natalia est restée derrière moi, pour me couvrir. Je suis allé vers cet homme, j'ai attendu qu'il sorte les clefs de la voiture, il avait une Fiat 600 bleue, elle semblait neuve, toute briquée… Je l'ai appelé par son nom, je lui ai tiré dans les jambes et je suis parti.

Il s'arrêta de parler pour respirer par la bouche, en avalant l'air comme si c'était la dernière bouffée qui restait.

– Ce n'était pas encore l'aube, il n'y avait personne, continua-t-il.

– Qu'est-ce qui s'est passé après ?

– On avait étudié le quartier, on devait couper à travers un jardin, à pied. Mais Natalia s'est arrêtée. Elle m'a dit, attends ici. Elle est revenue sur ses pas en courant, comme si elle avait oublié quelque chose. Campanella était couché sur les sièges de sa voiture, il se tenait les jambes, gémissait doucement. Natalia a ouvert la portière et elle lui a tiré dans le visage.

– Elle l'a tué comme ça ? Sans raison ?

– Elle m'a dit qu'un camarade de la direction stratégique l'avait contactée, que les ordres avaient changé. Et qu'ils n'avaient plus confiance en moi.

– Je ne te crois pas, protestai-je.

– Je ne l'ai jamais dit à personne, dit-il, hochant la tête tandis que ses mains avaient recommencé à trembler imperceptiblement. Pour quelle raison je te raconterais des bobards ?

Il essaya de se lever, mais il retomba en soupirant de douleur.

– Sous le lit, dit-il, il y a un grand sac… sors-le.

C'était un sac à dos militaire en toile, un de ceux qu'on utilisait autrefois pour aller à l'école. Je le déposai sur ses genoux. Ferrari tripota la boucle avec des gestes maladroits. Au milieu de son front, une nouvelle ride était apparue, comme une marque creusée au couteau. Caché dans de vieux journaux et quelques livres, il y avait un paquet, un linge taché d'huile, Ferrari l'ouvrit en dépliant un bord à la fois. Le pistolet était là, dans les derniers replis de ce torchon, long et brillant. Comme s'il l'avait utilisé l'instant d'avant.

– Il a toujours été là. Quand ils m'ont arrêté, ils n'ont pas bien cherché. Je leur suffisais.

– C'est lourd.

– C'est un Nagant. Ils les fabriquaient à Prague.

Il retira le verrou, fit glisser la culasse, enleva le chargeur bifilaire, le vida de ses projectiles, dévissa le canon. Ses mains avaient un peu retrouvé de leur ancienne vie. Il le monta de nouveau en quelques secondes. Il l'empoigna, essaya de tendre le bras devant lui, mais l'arme retomba sur ses jambes. "Boum !" fit Ferrari avec sa bouche.

– Pourquoi c'est toi qui l'as ? demandai-je.

Un froncement craquela sa pâleur de mort, une espèce de grimace d'orgueil.

– Le Nagant, il n'y a que le chef de la colonne qui l'a.

– Il n'y a plus de colonne.

Ferrari commença à l'envelopper avec soin dans le linge.

– Il a déjà tiré ? – J'indiquai le pistolet.

– Plein de fois. Sur des jambes, des os… Il n'a jamais tué.

– Ça t'aide à te sentir moins coupable ?

– Non. On était tous dans le même bateau. À moi, ça ne m'est jamais arrivé de tuer. J'ai seulement été plus chanceux que les autres, c'est tout.

– Ton amie a tué.

– Natalia n'a jamais cru dans la lutte armée. C'est pour ça qu'elle a fait des choses qu'elle n'aurait pas dû faire.

– … et maintenant elle est libre.

– C'est moi qui ai payé pour tous les deux. Ça ne suffit pas ?

– Ce n'est pas avec moi que vous devez régler les comptes. C'est avec le cheminot, avec sa famille…

– Régler les comptes…

Ferrari soupira, il prit mes mains.

– Elles sont belles, des petites mains d'institutrice…

Je les retirai.

– Ton amie est une meurtrière ! hurlai-je.

– C'est à elle que tu aurais dû demander comment on tue un homme.

Je saisis le pistolet.

– C'est moi qui le garde.

Ferrari tenta de le reprendre, mais il était trop faible. Je le poussai sur le fauteuil et il resta là, les bras abandonnés sur son ventre.

– Remets-le dans le sac à dos. S'il te plaît… murmura-t-il.

– Non. – Je m'affairai pour le glisser dans mon sac. – Après, je te le rends.

Ferrari se traîna vers moi. Je pointai le Nagant sur lui.

– Tu me rendrais un service, et tu le sais, dit-il.

Je reculai vers la porte, l'arme toujours au poing.

– Ne dis pas de conneries, Libero.

– Ce serait la solution, la fin de la guerre.

– Ça fait un petit moment que ta guerre est finie.

– Il n'y a que les morts qui ont vu la fin de la guerre.

Il allongea un bras et reprit son pistolet. Et moi, je le laissai faire. Puis je descendis l'escalier en courant. J'étais bête. J'avais cherché quelqu'un qui m'apprenne comment donner la mort. Et ce n'était pas Ferrari, pas lui.

J'entrai dans le premier bar que je croisai sur mon chemin. Tables en faux marbre, le serveur fumait tout tordu dans un coin entre la porte et la rue, le corps à l'intérieur, la cigarette à l'extérieur, comme s'il chancelait dans un train sur le départ. Cette idée de tuer un homme, c'était une connerie, une petite scène de théâtre que je m'étais offert, le pistolet, le stand de tir, les attentions de Gisella, les mots bouleversés de Ferrari, son amie la pute, le visage effaré d'Alfredo... Je l'avais trouvé, Alfredo. Il était doux, joyeux, attentionné. J'avais aimé faire l'amour avec lui, j'aimais ses mains qui prenaient mon corps un peu à la fois, j'aimais sa façon de m'embrasser et de me mordre les lèvres, d'être en moi sans se presser, sans fuir: pourquoi je ne m'en contentais pas? C'était de l'amour? Peut-être, peut-être pas, mais qu'importe? Maintenant, je l'appelle, pensai-je, j'arrive à la maison et je l'appelle, ce soir je lui dis de venir vivre chez moi, peut-être pour toujours, puis je téléphone à ma mère et je lui dis que je suis fiancée, que je suis heureuse, que je veux faire un enfant, je l'appellerai Tanino, Tanino comme papa, t'es contente, ma petite maman? Comme ça on se souviendra, comme ça on n'y pense plus.

Le fait était que je voulais encore y penser. Je voulais penser à mon père mort et à eux vivants, à la pâtisserie vendue au rabais, transformée en une boutique de petits pulls, à cette ville arrogante et résignée qui pleurait des larmes d'eau bénite et qui, en même temps, rigolait bien de façon obscène. Il fallait un geste qui rompe l'enchantement, comme un verre de cristal qu'on laisse tomber pendant une de ces scènes de famille où l'on se dit des trucs pas vrais, où l'on pleure les mélancolies des autres, et les autres deviennent prudents, muets, et ils vous regardent, puis ils regardent par terre les éclats en cristal, puis ils pensent que cette scène ne pouvait se terminer que comme ça.

Je devais tuer Rosco.

J'allais retourner chez Ferrari prendre mon dû. Mais pas tout de suite, demain j'irais chez lui, demain, avec une autre force dans les pensées, avec un esprit un peu moins empesé. Je cherchai le chemin de la maison, en m'obligeant à rester concentrée sur cette sensation d'inéluctable qui grandissait en moi. J'accélérai mes pas, j'accélérai le temps qui me séparait des choses à faire, j'accélérai cette dernière nuit qui m'attendait. Je la voulais limpide, brève, et qu'elle ne soit pas entamée par des remords.

Il y avait Alfredo, en bas de chez moi. Un carton de pizza désormais refroidie entre les mains. Il ne souriait pas, comme s'il sentait que le temps s'était resserré pour tout le monde, et pour lui aussi. Je le poussai vers les escaliers sans rien lui dire, je le tirai à l'intérieur de l'appartement, au fond de cette obscurité où il n'y avait qu'un lit et mon désir de prendre et d'être prise, je le déshabillai tandis qu'il serrait encore contre lui sa pizza, c'est moi qui allais vers lui, ce corps ferme et lisse, ses bras ouverts en croix, je cherchai avec ma bouche son odeur, son sexe pour le sentir grandir dans ma main, je cherchai et pris ce qu'il y avait à prendre de nos corps, couchée sur lui, ouverte sur lui, en l'accueillant en moi, approchant ma bouche de la sienne, mon visage frottant le sien avec une voix qui n'était pas la mienne, qui invoquait, comme dans une prière, dis-moi que tu m'aimes dis-moi que tu m'aimes dis-moi que tu m'aimes…

Le lendemain matin, j'ai pensé : je veux un enfant.

Alfredo dormait, de tout son long et serré sous le drap, mains posées sur le ventre, pieds croisés. On l'aurait dit mort. Mais il ronflait, un beau son viril, nasal, de trompette, de bouche grand ouverte. Je cherchai dans ce sommeil satisfait une trace de la nuit que nous avions passée ensemble, des choses que nous nous étions murmurées, de celles juste imaginées, toutes mêlées dans un pétrissage de chairs et de respirations qui dans l'obscurité ne laissaient presque rien apparaître, mais qui disaient tout. Je l'avais beaucoup aimé, Alfredo, cette nuit-là. Et maintenant que je le voyais couché dans mon lit, rassasié, sans défense, j'eus envie de le faire avec lui, cet enfant, de lui demander qu'il prenne soin de mes pensées et qu'il les réclame pour lui. Je remontai les couvertures sur lui, je les bordai bien serrées sous le matelas comme mon père faisait quand il venait me dire bonne nuit. Il me serrait dans cet étau de linges et de laine, me donnait un baiser, "… dans le portefeuille", il disait. Et moi je dormais heureuse. Dans le portefeuille.

Je m'habillai en silence, avec soin. Je choisis une jupe étroite qui me moulait les jambes et les hanches. Je lâchai mes cheveux et les peignai longuement, comme le faisait ma mère autrefois. Cette nuit-là avait été la dernière, l'espace qui sépare un avant et un après. Les choses à accomplir étaient là : simples, en ordre, en suspens. M'enlever Alfredo de la tête, fermer la porte derrière moi et aller prendre ce pistolet.

12

La porte de l'immeuble était ouverte. J'arrivai au troisième étage en récapitulant les choses à dire et à faire. Je frappai. Je n'entendis rien, ni voix ni bruits de pas. Un rai de lumière passait sous la porte. J'essayai de la pousser : elle était ouverte, j'entrai.

Ferrari était assis par terre, pieds nus, les jambes recroquevillées contre la poitrine, le corps secoué par un tremblement incessant. Il pleurait. Avec le dos courbé sous les sanglots et une plainte qui n'était pas de simples pleurs, ni même de la douleur. Entre cet homme et son âme, il ne restait plus rien, seulement ce gémissement désarticulé.

J'allai vers lui presque en courant, puis je m'arrêtai à un pas, figée, confuse, incapable de faire quoi que ce soit. Cet homme avait peur de mourir, comme tous les pauvres diables que j'avais rencontrés pendant mes visites de compassion. Je m'étais convaincue que je pouvais maîtriser mon dégoût, mon découragement, aujourd'hui seulement je comprenais que cela n'avait jamais été grâce à moi. C'étaient eux, les malades, qui me l'avaient permis. Les fous, les égarés, les colériques, les mélancoliques, à la fin ils gardaient tous une ombre d'espoir, une obstination à vivre. C'étaient eux qui tenaient la mort à l'écart de ces rencontres. Pas Ferrari. Plus maintenant. Sa discipline intérieure, le devoir de tout garder en lui, la prison, les mensonges, les guerres inventées, les hurlements de douleur des estropiés, la façon dont ils agitaient les bras quand il pointait le pistolet sur eux, et puis le devoir d'y croire, de s'en faire une raison… tout s'était effondré. Un écoulement de vieilles pensées, un tourbillon d'eau trouble dans un évier. Il ne restait que la mort, désormais.

J'essayai de le soulever, je cherchai son visage, je me mis à recueillir ses larmes de la paume, elles étaient précieuses et il ne fallait pas les gaspiller. Ferrari me laissa faire, puis il enfonça sa tête dans mon giron. "Tout à l'heure...", balbutia-t-il, "... ma tête s'est vidée, comme si elle était pleine d'air... puis le froid est entré... partout... il me grattait les os..."

Il parlait le visage caché dans les plis de ma jupe. Doucement, je caressais sa tête, ses cheveux drus, le profil rachitique de ses épaules, je sentais à travers ses vêtements cette maigreur soudaine que je n'avais jamais imaginée avant.

"... mais ça ne passe plus..." murmura-t-il.

Je l'aidai à enlever son pantalon, à retirer son vieux pull, je le débarrassai de tous ses vêtements jusqu'à ce qu'il soit nu, sans défense. Je l'étendis par terre et commençai à modeler de mes mains ce corps désormais brisé, à lui redonner une forme, je comptai les arêtes aiguisées de ses côtes, les os qui soulevaient sa peau, je lui caressai les jambes qui s'étaient repliées l'une sur l'autre, comme un Christ déposé, je cherchai ses genoux pointus, ses pieds maigres, la ligne sombre de ses veines. Pour chaque partie de ce corps blessé, je trouvai des caresses lentes et discrètes, tandis qu'avec mon souffle j'essayais de chasser le froid de ses os en faisant comme si la mort était restée en retrait, comme s'il restait encore un peu de vie à rassembler. Pour une fois, pour la première fois, en soufflant la vie sur cet homme qui mourait, en répandant sur lui mon souffle et ma chaleur, je me sentis utile. À moi-même aussi, plus de mots à devoir offrir, plus de protocoles à devoir respecter, il n'y avait que l'effort de mes mains qui essayaient de réparer les erreurs. Jusqu'à ce que le corps de Ferrari arrête de trembler. Et cet homme qui avait connu la mort de nombreuses personnes avec arrogance, qui craignait maintenant sa propre fin, s'endormit.

Je le couvris de mon manteau. Puis, je me dirigeai vers le lit : je savais où chercher. Le Nagant était là, à l'endroit où Ferrari l'avait toujours gardé. Je le fourrai dans mon sac, éteignis la lumière et m'en allai.

Alfredo n'était plus à la maison. Il m'avait laissé un petit billet, une phrase d'amour, simple, timide : je lus seulement les premiers mots, puis je le glissai dans un tiroir. Pas maintenant, me dis-je, pas aujourd'hui. Je flanquai quelques vêtements pêle-mêle dans un sac de voyage. Ils me servaient seulement à camoufler l'unique objet que je voulais transporter : le pistolet. Je l'enveloppai dans un torchon de cuisine avec le même soin que ma mère aurait mis pour enlever des traces ou des taches de graisse. Je mis de côté l'idée de prendre l'avion : trop précipité. Et celle de prendre la voiture : je ne savais pas conduire. J'allai à la gare de Termini et je cherchai le premier train en partance pour la Sicile. J'allais rester assise, avec le sac de voyage sur les jambes et les yeux grand ouverts au-delà de la fenêtre, sur cette profondeur de lumières froides. Ou plutôt, non, j'allais dormir et me perdre dans les rêves, je n'allais pas gâcher cette nuit en pensant au lendemain, aux choses que je ferais, à comment je les ferais.

J'appelai Gisella d'une cabine.

– Je ne viens pas au boulot demain.

– Tu ne te sens pas bien ?

– Non.

– C'est quoi, ce bordel ?

– Quoi ? Quel bordel ?

Le fracas métallique, les coups de sifflet, les haut-parleurs. Et moi, sereine, qui simulais l'étonnement : Quel bordel ?

– Qu'est-ce que tu fais à la gare ?

– J'ai accompagné Alfredo.

– Il va au Chili en train ? Alfredo est passé ici il y a une demi-heure. Il te cherchait. Tu t'es déjà trouvé un autre mec ?

– Je vais en Sicile.

Silence.

– Gisella ?

– Teresa, écoute... Tu blaguais, pas vrai ?

– Quand ?

– L'autre jour... ce type sur lequel tu voulais tirer ? Tu galéjais, n'est-ce pas ?

– Non. Je ne blaguais pas.

– Attends, Teresa, parlons-en un instant...

– Mais tu m'as fait toi-même une carte de membre pour le stand de tir !

– Rien à voir, je croyais que c'était un truc passager... pour te défouler les nerfs...

– Mon train va partir...

– Et toi, laisse-le partir.

Gisella était sur le point de pleurer. Il ne manquait plus que ça.

– Salut, hein ? lui dis-je. Et je raccrochai.

Dès que je trouvai mon compartiment, je m'enfonçai dans mon siège et je restai immobile, en retenant ma respiration, jusqu'à ce que je m'aperçoive que le train roulait.

13

En Sicile, la fin de l'hiver avait laissé une odeur de flaques. Je cherchai un taxi. Il y en avait cinq qui stationnaient n'importe comment. Je demandai qui était le premier. Personne ne me répondit ; ils prenaient leur temps pour comprendre si j'étais du genre à leur casser les couilles pour exiger d'avoir le taximètre allumé et à discuter les suppléments.

Je fis le chemin à pied, le sac à dos serré contre la poitrine.

– Salut, maman.

Dès qu'elle ouvrit la porte, son visage prit un teint cireux. Un malheur, pensa-t-elle. Ou une maladie. Ou alors elle est enceinte.

– Teresa ? Que se passa-t-il ?

– Rien, j'ai deux jours de vacances et je suis revenue à la maison. Ça t'embête ?

– Tu ne m'as rien dit.

– Je t'ai fait une surprise.

– J'aurais pu envoyer Tino à l'aéroport…

– C'est pour ça que je t'ai fait une surprise. En plus, je suis venue en train.

– Encore en train ? Avec tous ces courants d'air ? Et t'es allée sur le ferry ?

– Pour prendre un café, maman. Il était six heures du matin…

– Ton père nous gardait enfermées dans la voiture tout le temps de la traversée. Même en été.

– Et, de fait, il n'est pas mort de pneumonie.

Était-ce bien nécessaire de la faire pleurer tout de suite ? Je pouvais, au moins, commencer par mettre en lieu sûr le sac à dos avec ce machin en fer tchécoslovaque de deux kilos qui, dans le train, pendant un changement de voie ou une secousse, aurait pu lâcher une balle, dans Dieu sait quelle direction, me trouer le ventre ou se faufiler dans le compartiment voisin.

– Excuse-moi, maman. C'est que je suis fatiguée, tout ce voyage en train…

– Alors, pour rentrer chez toi, tu prends l'avion.

Rentrer. Quand je rentre. Si je rentre.

Je m'enfermai à clef dans la chambre, je défis mon bagage. Je dépliai le chiffon qui cachait le pistolet : le Nagant était encore là, lourd, encombrant, chargé. Je l'empoignai des deux mains comme je l'avais vu faire dans les films. Ça pesait, quand même. Je me plaçai devant la glace et je visai au niveau du cœur. Avait-il eu peur, Ferrari, quand j'avais pointé le pistolet sur lui ? Avait-il espéré que je lui tire dessus pour de vrai ? Qu'avaient ressenti les autres quand ils l'avaient eu devant le visage ? Qu'avait-il ressenti, mon père ? Rien, il n'avait rien ressenti, c'est simple. Il s'était fait tirer dans le dos et s'en était allé sans une pensée déplaisante, sans même devoir éprouver de la peine pour nous. Je n'avais pas de dette, et envers lui non plus. Je devais seulement éliminer ma fatigue. Clôturer les comptes. Je cachai le pistolet au fond d'un tiroir, au milieu des culottes et des bas autofixants, l'unique endroit que ma mère n'aurait jamais fouillé.

Je savais où le chercher. Je l'avais appris dans l'entrefilet du journal en arrivant à la maison. À l'inauguration de ce nouvel hôpital, ce bâtiment construit sur les *sciare*, les terrains vagues de lave, en dehors de la ville. Ils avaient mis vingt-six ans pour le terminer, pendant ce temps-là ils avaient avalé, entre contrats publics et variantes, l'argent de trois hôpitaux entiers. On avait fait une enquête quelques années auparavant, lorsqu'un des entrepreneurs rackettés en avait eu marre de payer. Si tu veux travailler, tu dois nous donner douze pour cent, lui avaient-ils expliqué. Pourquoi douze ? avait demandé le type. Parce que, dans la commission, il y a six partis, faut donner deux pour cent à chacun, fais le compte. Ils m'ont coûté deux milliards, raconta l'entrepreneur au procureur général qui était aussi son ami, tu sais, ce n'est pas pour l'argent, mais ceux-là, ils n'ont pas de dignité, tu dois filer de la tune à l'adjoint, à son chef, leur payer les frais pour les campagnes électorales, et pour finir c'est comme s'ils faisaient l'aumône...

Le problème, c'est que le procureur était aussi ami avec tous les autres, le maire et ses adjoints qui rackettaient, les chevaliers de l'ordre du travail qui payaient sans broncher, le rédacteur en chef du journal local qui tombait des nues chaque fois que quelqu'un parlait de marchés publics truqués : des pots-de-vin, de la corruption ?, dans cette ville, si belle ?, mais qu'est-ce que vous racontez, mais enfin jamais de la vie... Puis l'entrepreneur est mort, son foie était devenu comme de l'argile et il a claqué avant le procès. Tous absous, tous réhabilités, le maire, les adjoints, les agents électoraux. Et aujourd'hui, les voilà tous en procession pour aller inaugurer l'hôpital, même le ministre était descendu de Rome, même Son Éminence, il y avait aussi la Rai, comme ça, ceux de l'opposition, ils allaient bien l'avoir dans le cul.

Dans la cour, il y avait déjà une petite foule de malades et d'infirmiers avec des sabots blancs et la cigarette au bec. L'hôpital, ils l'avaient déjà inauguré trois fois au cours des six derniers mois, à chaque fois avec l'excuse d'une aile nouvelle, d'un nouvel équipement radiographique, d'une nouvelle salle pour les hospitalisés. Et à chaque inauguration débarquaient les mêmes personnages, comme une troupe en tournée : les constructeurs, les administrateurs, les adjoints du maire, heureux comme la première fois. Je me perdis au milieu des autres personnes, je fis semblant de chercher mon portable dans mon sac à main : jusqu'à ce que je les entende arriver. Un bruit de pneus, de freins, de pas, un applaudissement sans dignité. Mais comment fait-on pour les distinguer ? Tous habillés d'un petit costume bleu-gris, tous avec des lunettes de soleil même si on est en février, tous béatement émerveillés face à la silhouette des deux tours en ciment brut qui donnent accès à l'hôpital. Selon les intentions de l'architecte – le même qui avait dessiné les bureaux de poste, le tribunal d'instance et la chambre de commerce –, ce style minimaliste en béton nu et ses quelques fenêtres constituaient un pont vers le passé, vers les antiques citadelles arabes, l'ombre fraîche des casbahs, car nous venons de là, mes chers messieurs !, de cette civilisation de miracles élaborés, et c'est à ça que nous devons revenir… Foutaises. C'était seulement un truc pour ne pas dépenser trop en peinture, huisseries et autres machins. Les constructeurs appréciaient. Les adjoints aussi. Quand il ne vous reste que du ciment, mélangez-le avec un peu de sable pour économiser et personne ne s'en aperçoit.

Rosco était là, au milieu des autres gens, râblé et content. Il serrait des mains, écoutait des suppliques, distribuait des conseils. Ensuite, le ministre commença à parler, et tout le monde se mit à l'écouter en silence, à opiner du chef d'un air convaincu. Moi aussi, je me mis à faire oui de la tête. J'essayais de comprendre si cette foule d'encenseurs, cette petite clique de représentants de l'Autorité en complet-cravate, s'apercevrait de la disparition de Rosco, je ne dis pas de sa mort, mais de son absence. Peut-être que tout se réduirait en un vide de paroles, en une place vacante aux cérémonies, il y aura un adjoint à remplacer, une autre bouche à nourrir. Alors que faut-il faire, me dis-je découragée, tous les éliminer ?

De toute façon, je le savais : ce coup de pistolet ne servait qu'à moi. Ce n'était en rien un acte de justice, en rien une colère divine, je voulais seulement me mettre en paix avec moi-même, inventer une mort pour équilibrer les comptes.

J'ai attendu que tout le monde parle, que Rosco parle aussi, et puis la fin de la cérémonie. Au buffet, j'ai même mangé deux *arancini*. Après, je fis un truc que je n'aurais pas dû faire : un bout d'*arancino* encore en main, je me dirigeai vers Rosco.

– Mes compliments. Beau discours.

Rosco me regarda, étonné, puis se fâcha.

– Qu'est-ce que tu fais ici ?

– Je suis de retour en ville. Vous auriez voulu que je manque l'inauguration ? Quand ils ont commencé à construire ce truc, je ne savais pas encore marcher. Et puis, votre discours...

Rosco me prit par un bras, me traîna à l'écart de la foule, tout en continuant à distribuer des sourires à gauche et à droite.

– Tu veux me détruire ?

– Vous me faites mal.

– Qu'est-ce que tu veux de moi : de l'argent ? Un travail ?

– Une pâtisserie, dis-je sans réfléchir.

Il inspira lentement, sans lâcher mon bras.

– Maintenant, tu sais ce qu'on va faire ? On va construire une chapelle en honneur de ton père ! Tout en marbre, dans le cimetière... un mausolée on va lui construire, d'accord ? Et chaque année, quand ce sera l'anniversaire de sa mort, on enverra les enfants des écoles y déposer des fleurs. Le directeur de l'enseignement de la province est un ami à moi, on lui fera donner une demi-journée de congé aux écoles de la région, comme ça on les emmènera tous là-bas, histoire qu'ils connaissent ton père, ce saint homme ! Ça te va comme ça ?

– Quel rapport avec les saints ? Mon père n'était pas un saint.

– T'as raison, c'était un héros. On donnera son nom à une bourse d'études, pour la meilleure dissertation de tous les lycées, un truc sur la légalité, sur la lutte contre la mafia, je sais pas...

Rosco avait la lèvre en sueur, les paupières baissées à moitié.

– C'est toi qui choisis le nom qu'on va lui donner, ça va ? Et c'est ta mère qui remettra le prix. Je ferai même venir la Rai...

– Et le journal ?

– Les journalistes aussi, bien sûr !

Il semblait rasséréné à présent.

– Ils ne viendront pas. Eux, ils écrivent que la mafia n'existe pas dans cette ville.

– J'irai moi-même parler avec cette tête de con de directeur. Je ferai même mettre une photo en première page. C'est toi qui veux écrire l'article ? Tu veux être journaliste ? Tu veux que je te fasse entrer dans le journal ? Mais putain, qu'est-ce que tu veux de moi !

– Rien. J'étais seulement venue vous écouter. C'est vous qui avez parlé tout seul.

Un homme au visage grêlé avec une cravate de vingt centimètres s'était approché.

– Monsieur l'adjoint, qu'est-ce que je fais ? Je vous attends ?

Il secoua en l'air un trousseau de clefs.

– Putain, Ravidà, tu veux aller où, sans moi ? Mais bien sûr que tu dois m'attendre.

Rosco avait perdu son élan. Il laissa retomber mon bras comme si c'était un truc dégoûtant.

– Mais moi je ne pige pas, sale pute...

– Ne me parlez pas sur ce ton !

– Mais je ne comprends pas ce que je t'ai fait, pleurnicha-t-il. T'es toujours dans mes pattes et tu viens avec cette tête à claques... qu'est-ce que j'ai à voir avec tes problèmes ?

Il ne restait plus rien au buffet, que quelques petites pizzas froides et des fonds de bouteilles de mousseux. Les gens commençaient à s'en aller, les pingouins de la mairie avec leurs bagnoles bleues, les infirmiers se grillaient une autre cigarette, les malades se faisaient rebrancher leur perfusion et le ministre était déjà sur la route de l'aéroport. Quelques personnes avaient commencé à nous observer de loin, curieuses, amusées, Dieu sait qui est cette fille, Dieu sait ce que Rosco a combiné avec elle...

– Tout le monde est en train de nous regarder, lui dis-je.

Rosco recula immédiatement d'un pas. Réajusta sa veste, essuya du doigt la sueur sur sa lèvre.

– Voilà, justement... ne nous faisons pas remarquer...

Il se détendit, afficha un sourire.

– Je vous aurais bien ramenée, mademoiselle. Mais, selon moi, nous allons dans deux directions différentes. Moi, je rentre à la maison et vous, vous allez vous faire foutre.

Satisfait par l'audace de sa vulgarité, il tourna les talons et se dirigea vers la voiture de fonction.

– Ravidà, quand je parle avec mes électeurs, tu dois me faire le putain de plaisir de ne pas venir me casser les couilles !

– C'est que je ne pensais pas que c'était une électrice, monsieur l'adjoint... dit-il en lui ouvrant la portière. Je pensais que c'était une pute...

Il la referma, me fit au revoir de la main et emmena Rosco.

Dans l'autobus pour rentrer, ce paysage de quartiers obscènes grimpants sur la lave me semblait sans fin. Ils avaient fait faire les plans il y a plus de quarante ans à un architecte japonais et lui, il avait imaginé des solutions raffinées, des potagers entre les maisons, des petites cascades d'eau, des terrains de sport et des jardins suspendus à partir desquels vous auriez vu la mer et le volcan. Il avait dessiné les mêmes pour les survivants de la bombe à Hiroshima, trente mille familles auxquelles il fallait redonner un peu de vie, un peu de beauté. Faites la même chose pour nous, lui avait demandé le maire du jour: concevez un truc comme ça et nous, on y placera les personnes évacuées du vieux quartier San Berillo, le quartier des putes, là où nous sommes en train de construire des banques et des bureaux, et ceux qui habitent là, on les envoie respirer l'air frais des collines.

L'architecte leur donna satisfaction. Trois mois plus tard, il se présenta avec une maquette aussi grande que la salle du conseil municipal. Le maire lui offrit les clefs de la ville, ils firent ensemble trois pellicules photo et tout le monde alla se coucher content. Le lendemain, l'architecte retourna au Japon et la majorité municipale commença à saboter scientifiquement le projet. Elle le mit entre les mains de ses amis entrepreneurs, ils calculèrent ce qu'il fallait mettre de côté pour se préparer aux campagnes électorales – des cadeaux à faire, des amis à servir – et, à la fin du compte, il ne restait plus que les bâtiments. Disparu, le petit lac. Disparus, les petits jardins. Même les rues, les égouts, l'électricité, de toute façon on a toujours le temps pour faire ces choses-là. Au service des HLM, ils ne tardèrent pas à se disputer au sujet des classements, qui passait le premier, qui y avait plus droit que les autres et qui avait plus d'amis. À la fin, ces familles se fâchèrent et, les appartements, elles les prirent quand même.

Elles vivaient là depuis vingt ans. Les unes sur les autres, comme des animaux. Les adjoints débarquaient un mois avant les élections. Ils apparaissaient dans leurs voitures de fonction, avec leurs images pieuses électorales et leurs têtes imprimées dessus, avec le symbole de leur parti. Et ces misérables, au lieu de les pendre aux lampadaires privés d'ampoule, ils votaient tout de même pour ces gens-là. Au moins, pensais-je, ils leur ont mis une ligne d'autobus qui passe près de chez eux. Moi, j'étais justement dans le bus, avec cette idée fixe de ce que je devais faire désormais d'urgence. Et que je ne voulais plus reporter.

Il n'y avait qu'une chose qui me retenait. Une chose nouvelle, imprévue, ridicule : je n'avais pas mes règles. Ma fille, toi, tu es réglée comme une horloge, disait ma mère. Comme si ça lui faisait plaisir de savoir que cette minote n'était jamais en retard même d'une demi-heure, une espèce de miracle de la Création. Mais j'avais un retard. De trois jours.

Je cherchai une pharmacie. Un test de grossesse, demandai-je. La pharmacienne avait mon âge. Petite. Brune. Maintenant elle va me dire quelque chose, une question, une indiscrétion... Au contraire, elle me tapa le ticket de caisse sans piper mot. Je m'en allai en claquant la porte. Une frustrée, me dis-je. Une fille qui ne baise pas. Qui ne veut pas d'enfant. Une comme ça.

Non. C'est moi qui étais une fille comme ça. Une qui veut toujours la fanfare, qui est convaincue d'être la seule personne à qui il arrive des trucs. Tombe enceinte. Reste une remplaçante en lettres. Console les moribonds. Ailleurs, ce sont des choses normales : moi, par contre, je me plantais devant le miroir et je voyais toujours des lignes tordues, des lumières qui s'allumaient, qui s'éteignaient, des mots tout en majuscules ou en minuscules. Comme si j'étais l'élue, à qui il arrive des choses alors que les autres ne peuvent que regarder.

Même avec mon père, ça s'était passé comme ça. D'abord, il y avait le mort à pleurer. Puis, les larmes s'étaient taries et il ne restait plus que moi. Il me semblait que chacune des choses qui s'étaient produites allait m'envelopper comme une robe de fête, comme si j'étais l'unique au monde avec ce bruit de vitres cassées à l'intérieur de soi. Même Gisella me l'avait dit une fois : Mais tu crois que tu es la seule à qui on a tué son père ? T'as pas vu ce qui se passe en Afrique ? Une tribu s'énerve et elle massacre tous ceux de la tribu d'à côté, enfants, épouses, parents. T'aurais fait quoi si t'avais eu cette vie-là ?

Elle avait raison, Gisella. Et elle avait tort aussi. Les tribus d'Afrique qui s'entretuaient, à moi, ça me faisait de la peine, mais ça ne me débarrassait pas de mes pensées. Eux, ils étaient là-bas, et moi ici. Eux, ils avaient la guerre. Moi, j'avais Rosco. Et Rosco m'avait fait perdre le sommeil : qu'est-ce que je pouvais y faire ? Fais un enfant, m'aurait conseillé Gisella. Peut-être que, cette fois, j'allais la contenter. Un enfant au long cou et un peu de son sang qui aurait traversé l'océan pour venir se réfugier en moi. Un enfant conçu de cette façon, au milieu d'une nuit pleine de tendresses. Un enfant qui ne comprendra pas pourquoi il est là, et moi non plus, mais qui serait tout de même mon enfant, à moi, un pitchounet qui ferait siennes toutes mes bonnes paroles et laisserait dans un coin les crachats de la vie. Un enfant pour remettre les choses à leur place, pour mettre un terme à cette manie absurde de la mort. En plus, c'était toujours celle des autres – et cette manie me semblait désormais une obsession un peu sale, boueuse, sans remords. Peut-être qu'un enfant chasserait ces choses.

Sauf que je n'étais pas enceinte. Je me glissai dans les toilettes d'un bar pour faire le test : négatif. Ça t'apprendra, Teresita. Comme ça, tu te prends un peu moins au sérieux. Voilà.

14

Pendant le conseil municipal, au milieu des chroniqueurs qui traînent les pieds, du tohu-bohu des chômeurs, des conseillers endimanchés. Ou bien au stade, dans la tribune d'honneur, comme ça, ils lui dédieraient une minute de silence au match suivant. Ou alors sur le trottoir, devant les vitrines de son magasin avec sa parade de voitures chicos. Non, il fallait que ça se fasse sans public, sans bruit. Cet homme était une affaire personnelle, pas un trophée à exhiber. Le soir, quand Rosco reviendrait chez lui, à la fin de sa réunion, après que Ravidà, ou comment diable s'appelait-il encore, l'aurait déposé devant sa grosse villa là-haut sur les collines. Le soir même, avec cette nausée encore toute fraîche qui gargouillait dans mon estomac, sans que je me laisse le temps de m'y habituer ou d'y prendre goût.

Ma mère n'était pas à la maison. Je cherchai la chaîne de la TV locale qui diffusait en direct le conseil municipal. Un type du parti du gouvernement était en train de parler, son œil de merlan frit sur la caméra, “... une société sans respect et sans règle ? Qu'est-ce que ce sera ? Ce sera le chaos, le désordre, des citoyens qui grandiront dans le mal, comme des sauvages, comme de la mauvaise herbe...” Il semblait annoncer une ère nouvelle de la moralité publique. En fait, il en voulait à ceux qui roulaient en scooter sans casque. Je sortis le pistolet du tiroir, vérifiai s'il était chargé et le posai sur mes genoux. À intervalles réguliers, la caméra zoomait en adoration sur le visage ennuyé du maire et sur sa petite tribune de conseillers. Rosco était là, mais il semblait inerte, grincheux, comme si la journée ne s'était pas passée comme il le voulait. De temps en temps, un conseiller de son parti ou de l'opposition s'approchait de lui, lui léchait un peu les bottes, et lui, il encaissait en silence, poli, mais sans plus. Dès qu'ils firent l'appel au vote pour le dernier point de l'ordre du jour, je mis le pistolet dans mon petit sac à dos et je sortis.

La villa de Rosco était située tout en haut de la rocade, une maison isolée avec un petit jardin, quelques arbres, des raisins d'Amérique et un barbecue. J'y étais allée une fois quand j'étais petite parce que mon père m'avait traînée jusque-là, il y avait une confirmation à fêter et la moitié de la ville avait été invitée, et lui, il pensait que ça allait être mal vu de ne pas y aller, il se fait désirer, il joue au distant. Ce jour-là, Rosco était apparu en smoking blanc, le même que les serveurs de la pâtisserie suisse primée qui s'occupaient de la réception. Dans mon souvenir, il était joyeux, pétillant, vaniteux. Il écrasait sa bouche sur la main des femmes mariées, convaincu que c'était une preuve de raffinement, ensuite il disait quelque chose à l'oreille des maris, et puis il riait. Au moment du toast, il avait réussi à placer un petit discours sur les valeurs familiales et sur les prochaines élections municipales. À la fin, tout le monde avait applaudi ; même mon père, par politesse. Nous n'étions plus jamais allés chez lui.

Je pris un taxi, je me fis déposer à trois pâtés de maisons de la villa de Rosco. J'avais fait deux calculs : le temps que les conseillers municipaux votent, qu'ils s'échangent les dernières paroles de la journée et qu'ils se disent au revoir : une demi-heure. Une autre demi-heure pour que Rosco arrive chez lui. Il me trouvera devant sa porte d'entrée. Je fis les derniers mètres en courant, tournai le coin et je tombai sur eux. Gisella, Alfredo, Tino.

– Mais qu'est-ce que vous faites ici ?

Ils se consultèrent du regard pour décider qui devait parler. Personne n'était pressé de me répondre.

– Gisella ! hurlai-je.

Tout à coup, Gisella releva la tête comme à l'école quand on vous interroge le lundi. Elle avait un visage fatigué et du vernis noir sur les ongles.

– Je croyais que tu plaisantais, dit-elle à voix basse.

– Tu crois tout le temps que je plaisante, c'est ça ?

– Uniquement quand tu me dis que tu veux tuer quelqu'un.

– Gisella a raison, fit Alfredo. On pensait que c'était un truc comme ça...

– Comment, comme ça ?

– Comme quand on était gamins... maintenant on tire sur Pinochet, maintenant on va tous les tuer... c'était des choses qu'on se disait entre nous pour aller mieux.

– J'allais mieux avant de vous voir, dis-je.

J'avais envie de pleurer.

– Mais tu ne m'avais rien dit, fit Tino d'une voix plaintive.

Voilà, il ne manquait plus que ça, qu'il se vexe lui aussi. Je passai devant eux et me dirigeai vers la porte d'entrée de la maison de Rosco. Tous derrière moi comme des petits soldats.

– Mais arrêtez de me coller !

– Je l'ai promis à ta mère, me confessa Gisella.

– Ma mère ? Qu'est-ce que ma mère a à voir là-dedans maintenant ?

– Elle m'a appelée ce matin, elle m'a dit que tu es venue sans prévenir, pour lui faire une surprise.

– Elle n'y a pas cru ?

Je devais avoir l'air timbrée parce que Gisella fit un pas en avant et martela les mots.

– Mais qui ? Ta mère ?

– Elle se faisait du souci, la pauvre, dit Tino pour en remettre une couche, elle dit que tu as peut-être attrapé une bronchite sur le ferry.

– Tino, s'il te plaît...

– Il est venu nous prendre à l'aéroport, dit Gisella, protectrice.

– Bravo. Et maintenant, tu les fous tous dans ta voiture et tu les emmènes quelque part.

– Seulement si tu viens avec nous.

Alfredo se donna du courage. Il m'avait pris une main et la serrait maintenant sous les yeux de Tino qui avait commencé à se gratter un bouton jusqu'au sang.

– Je peux vous passer la voiture, comme ça vous partez ensemble, proposa Tino tout endeuillé. Moi, je rentre à la maison à pied.

– Non. Tino vient avec nous ! dit sèchement Gisella.

– C'est moi qui prends un taxi, proposa Alfredo.

– À cette heure-ci, il n'y en a pas, fit Tino.

– Pourquoi tu n'appelles pas le service de réservation ?

Ils sont fous, pensai-je. Comme moi, plus que moi d'ailleurs. Puis, nous entendîmes approcher le vrombissement du moteur encrassé de la Lancia de fonction.

– Qu'est-ce que tu fais, Teresa ? Qu'est-ce que tu cherches dans ce sac ?

– Allez-vous-en !

– Un pistolet, elle a un pistolet…

– Tu sais que ta mère…

– J'ai le taxi au téléphone…

– Mais cassez-vous !

– Hé, ho, Teresa, il est chargé…

– Je sais qu'il est chargé. Sinon, pourquoi je l'aurais pris ?

– Taisez-vous, il est là, chuchota Alfredo.

De l'autre côté de la rue, Rosco ne fit pas attention à nous, quatre jeunes qui se disputaient. Il était fatigué, courbé, il n'avait pas envie de comprendre. Il fit signe à son chauffeur qui embraya et s'en alla. Rosco le regarda filer et il commença à chercher les clefs de sa maison en secouant la tête.

Je traversai la rue, le Nagant à la main.

– Monsieur Rosco !

L'adjoint fit volte-face, les clefs encore entre les doigts. Il me reconnut et se mit en rogne. À la vue du pistolet, il pâlit.

– Écoutez, mademoiselle…

J'étais arrivée à trois mètres de lui. Je levai le bras lentement, comme on m'avait appris au stand de tir. Le pistolet se cimenta à ma main. J'essayai de ne pas trembler, de ne pas vomir, je commençai à viser d'abord avec un œil, puis avec l'autre. Rosco était figé, les yeux grand ouverts, les pupilles dilatées.

– Putain, qu'est-ce que tu fous ?

– Je vais te tuer, tu vois pas ?

J'appuyai sur la détente. Rien. Dur comme de l'acier. Quelle conne, pensai-je, tu ne l'as même pas essayé avant. J'appuyai de nouveau. Rien.

– Le cran de sûreté, dit quelqu'un derrière moi.

Je le cherchai avec le pouce sans détacher mes yeux de Rosco, mais certains trucs ne se passent que dans les films. Mon pouce ne trouvait rien, seulement une crosse lisse et rigide. J'essayai encore une fois, mais putain où était ce cran de sûreté ? Je fus obligée de baisser les yeux sur le pistolet et ce fut à cet instant que Rosco commit une erreur. Il aurait pu hurler, me demander pitié, s'enfuir. Au contraire, il se jeta sur moi, les poings fermés. Il me donna un coup et me fendit les lèvres. Je sentais le goût du sang remplir ma bouche et le pistolet me glisser des doigts. Rosco me flanqua par terre, se mit à califourchon sur moi, sa cravate balançait au-dessus de mon visage, il avait une haleine de cigarette, une expression déformée par la colère et la peur. Il commença à me donner avec méthode toute une série de gifles lentes, d'abord avec la paume d'une main, puis avec son revers, ensuite avec la paume de l'autre main, puis son revers, comme pour me réanimer. Elles étaient solides ses gifles, fortes, bruyantes. Il ne disait rien, ou peut-être qu'il m'avait déjà brisé les tympans parce que je n'entendais plus rien, ni ses jurons, ni ses paroles entrecoupées, ni ses grognements hargneux, je n'entendis pas non plus le déclic sourd du cran de sûreté qui avait finalement sauté en libérant la détente, ni même la voix derrière Rosco, "Lâche-la!", comme ça, sans fioritures, sans supplier, ce n'était rien d'autre qu'un ordre définitif, mais le problème c'était que Rosco, des ordres, il n'en avait jamais reçu, il n'était pas habitué à ça, c'était pas son truc d'en recevoir parce que lui, il était habitué à donner des ordres et des torgnoles, comme celles qui étaient en train de me démolir la figure, espèce de salope, cette espèce de pute qui voulait me tirer dessus, sur moi, sur Rosco, sale pouffiasse, j'aurais dû te briser le crâne, comme je l'ai brisé à ton cornard de père, sale pute, sale pute…

– Lâche-la ! dit de nouveau la voix.

Mais Rosco ne pouvait pas l'entendre, et moi non plus, je ne pouvais pas l'entendre, parce que je m'étais précipitée dans mes pensées, comme quand on récite le rosaire en vitesse. À chaque fois qu'il me cognait, à chaque gifle violente qui martyrisait mon visage, je me disais les comptes sont justes, tout est dû, même ce sang qui envahit ma gorge, ce goût de dents cassées, je n'attendais que ça, du moment qu'on équilibre les comptes, que l'on clôture ce soir et qu'on en finisse vite…

Puis, il y eut une détonation. Un bruit d'un autre monde. Rosco resta figé au-dessus de moi, le dos de la main en plein élan pour m'envoyer un autre coup. Sa main retomba et il s'écroula de tout son poids, le visage sur le mien. Il lui manquait la moitié de la tête, une balle calibre .38 du Nagant venait de la lui arracher.

15

Libero Ferrari était arrivé en train, deux heures avant que je parte tuer Rosco.

À Rome, dès qu'elle eut fini de me parler au téléphone, Gisella était allée le trouver.

– Maintenant tu vas tout m'expliquer, lui avait-elle hurlé.

Ferrari était abasourdi et résigné. À moitié nu, mon manteau sur les épaules. Il lui avait parlé du pistolet, à contrecœur.

– Elle m'a dit qu'elle voulait tirer sur quelqu'un...

Il avait essayé de sourire.

– Et toi, tu l'as laissée partir ? Avec le pistolet ? Mais t'es pas un peu crétin ?

Quand Gisella lui avait parlé de Rosco, Ferrari était sorti de sa torpeur.

– On doit l'arrêter.

Il avait commencé à sortir quelques haillons de son armoire, à en faire un tas sur son lit, entre-temps sa respiration lui ratissait l'intérieur des poumons.

– Où tu comptes aller dans cet état ?

Ferrari ne lui avait pas répondu.

– Vous ne pouvez rien faire, avait-il dit doucement. Vous ne savez pas ce qu'il y a à l'intérieur de cette femme.

Cette femme, c'était moi. Quand ils me l'avaient raconté, au chevet du grand lit de ma mère, le visage enfoui sous les bandages, je l'avais pris comme un compliment. Qu'est-ce qu'il y avait en moi ? Je croyais que c'était de la haine, mais en fait ce n'était rien d'autre que de la fatigue, de la confusion, des remords. Ferrari, lui aussi, était passé par là : il savait que tout n'était qu'équivoque et que j'aurais été jusqu'à me faire tuer. Il avait gardé un peu de morphine chez lui qu'ils lui avaient charitablement prescrit pour le dernier acte de la maladie. Il lui en restait suffisamment pour se redresser et pour mettre une camisole à ses douleurs. Aussitôt Gisella repartie en jurant, Ferrari avait fini de se rhabiller et s'en était allé à la gare. L'adresse de Rosco, il l'avait trouvée dans l'annuaire : il s'était fait déposer là-bas et il m'avait attendue dans un coin, assis par terre. Gisella et les autres étaient arrivés plus tard. Comme pour des retrouvailles, sauf que c'était un meurtre.

Libero Ferrari était reparti le soir même, il leur avait demandé de l'accompagner à la gare, il avait pris avec lui le Nagant et c'est tout. Donnez-lui ça, avait-il dit aux autres : c'était mon manteau. Il était content, me dit Gisella : ils l'avaient déposé en vitesse et lui, il était resté là à les regarder partir, Tino avec ses doigts crispés autour du volant, Gisella et Alfredo avec leurs gueules d'ahuris. Et moi, je n'avais pas eu le courage de demander à Gisella : Il était content de quoi ?

Moi, j'avais dû aller chez ma mère pour être soignée comme une clandestine par Alfredo qui pouvait enfin s'exercer un peu. Maman, qui d'habitude avait peur d'un courant d'air, n'avait posé aucune question, n'avait rien dit quand elle m'avait vue avec la gueule fracassée. Elle avait préparé le canapé-lit pour Alfredo et était allée à la pharmacie m'acheter des antibiotiques. Ce n'est qu'après deux jours, pendant qu'Alfredo changeait mes bandages, qu'elle avait laissé échapper :

– C'est sûr qu'ils ont organisé de belles funérailles à Rosco...

Elle m'avait déposé un exemplaire du journal sur le lit. Elle avait raison, c'étaient de belles funérailles : il y avait tout le conseil municipal, deux ministres, le préfet, le préfet de la police, Son Excellence le recteur, la moitié du ministère de la Justice, un bus de parlementaires et même un télégramme du palais Chigi. Exécution mafieuse, ils avaient écrit dans le journal : le calibre du pistolet, la dynamique et la barbarie de ce crime. Tôt ou tard, ils sortiront même un mobile sur mesure. Ma mère disait toujours, quand quelqu'un se faisait tuer, *mischino*, le pauvre, même si ça s'était passé en Chine, mais cette fois-ci elle n'avait rien dit. Elle m'aida à enfiler un pyjama tout propre, aéra la chambre, remonta mes couvertures. Quand elle quitta la chambre, c'était comme si elle était un peu plus droite, plus satisfaite. Elle avait passé la cire sur le sol, mais elle n'avait même pas mis ses patins en tissu sous les pieds.

Cet ouvrage a été imprimé par CPI France
en mai 2023

Cet ouvrage a été composé par
Atlant'Communication

N° d'édition : 0762001 – N° d'impression : 174342
Dépôt légal : juin 2023

Imprimé en France